Inger-Maria Mahlke

SILBERFISCHCHEN

Roman

aufbau

ISBN 978-3-351-03309-5

Aufbau ist eine Marke der Aufbau Verlag GmbH & Co. KG

1. Auflage 2010

Einbandgestaltung
hißmann, heilmann, hamburg
Druck und Binden CPI – Clausen & Bosse, Leck
Printed in Germany

www.aufbau-verlag.de

Für Rosy, Christian,
Irene und Fiél
y para
Enrique Peña-Alonso
19. 04. 1949 – 07. 07. 2009

1.

Eine lange Reihe abgasgeschwärzter Häuser, die sich in Pfützen spiegelten, trocknete an der Wäscheleine in der Küche, er stieß sie im Vorbeigehen an. Es schneite, die Autos krochen, die weißen Hauben auf den Mülltonnen waren noch unberührt. Den Tee hatte er bereits in die Thermoskanne gefüllt, ein Streufahrzeug bog um die Ecke. Der bleibt nicht liegen, dachte der alte Mann, prüfte nochmals, ob er den Verschluss fest genug zugedreht hatte, es wird wieder regnen, und die Bürgersteige werden knirschen vom Streusand.

Er wickelte die Kanne in Küchenpapier, holte eine Plastiktüte unter der Spüle hervor, legte die Kanne hinein und drehte die Tüte zu einer Wurst zusammen. Einmal war sie ausgelaufen, die Ausrüstung heil geblieben, aber eine neue Tasche hatte er kaufen müssen. Die Tasche, kastenförmig, schwarz und innen mit rotem Filz ausgeschlagen, stand aufgeklappt auf dem Küchentisch, die Thermoskanne kam ganz nach unten. Er wollte mit dem Zug fahren, nach Frankfurt/Oder, den Fluss fotografieren oder Alleelinden im Schnee, falls vorhanden. Die Brote, zwei Mett, zwei Schmelzkäse, hatte er in Wachspapier verpackt, sie gehörten in die Lücke zwischen Kanne und Taschenwand. Als Kind war er einmal in Frankfurt/Oder gewesen. Er konnte sich an kein Haus, keine Straße, kein Geschäft erinnern, nicht an den Bahnhof und nicht an den Namen der Cousine, die sie besucht hatten. Er faltete zwei Blätter Küchenkrepp akkurat in der Mitte und legte sie auf die Kanne, als Trennschicht zwischen Verpflegung und Ausrüstung. Nur an die Ecke des weinroten Sofas, in der er gesessen hatte, während seine Mutter und die Cousine redeten und lachten. Und an den hellblauen Schmetterling mit Flügeln so groß wie seine Handflächen, der hinter goldgerahmtem Glas über dem Sofa hing. Der Schmetterlingskörper ähnelte einer Zigarre, sah aus, als hätte er ein spürbares Gewicht. Ekel hatte ihn geschüttelt, als er sich das Gewicht auf seiner Hand vorstellte. Auf die Trennschicht kam das zusammengeklappte Stativ, die Schachteln mit den neuen Filmen klemmte er zwischen Stativ und Taschenwand, sonst verrutschte es beim Gehen. Er hatte die Cousine gefragt, ob der Schmetterling beim Präparieren ausgehöhlt und neu gefüllt worden war. Sie wusste es nicht. Auf das Stativ kamen die Kamera, als Letztes die Objektive, in weiche Tücher gewickelt. Aus mehr bestand Frankfurt/Oder nicht, er klappte den Taschendeckel zu. Frankfurt/Oder war ihm gleichgültig, er wollte mit dem Zug fahren durch vorbeifliegenden Wald im Schnee.

Die Filme von gestern mussten in die Dunkelkammer, er überlegte, ob er die Regenhaube für die Kamera einpacken sollte. Er ließ es bleiben, er musste schneller als der Regen sein. Er nahm eine der Mützen vom Garderobenbord, prüfte kurz im Spiegel, ob sie gerade saß. Sein Mantel musste ausgebürstet werden, der Kragen war übersät mit weißen Hautschuppen, sie rührten sich nicht, als er mit der Handfläche drüberrieb. Seine Arme fuhren in die zerknitterten Ärmel, es würde bald regnen, er hatte keine Zeit. Wenn der Zug am Ostbahnhof heute wieder zu spät kam, würde er nicht bezahlen.

Er hängte die Fototasche über seine Schulter, nahm die Handschuhe aus der Konsolenschublade, braune Lederhandschuhe, an den Ballen hellgescheuert. Sie waren eng, es dauerte, bis er sie über die Finger gezogen hatte. Die Handschuhe waren wichtig, seine Finger froren immer zuerst. Und mit steifen Fingern dauerte das Herumtasten an der Kamera, das Suchen nach den ständig kleiner werdenden Knöpfen und Rädchen noch länger.

Vor der Haustür lag seine zusammengefaltete Zeitung auf dem grauen Linoleum, die Schlitze der Briefkästen waren zu eng. Vor drei Jahren hatte die Hausverwaltung das letzte Mal auf einen seiner Briefe geantwortet. Seitdem ging er ein Stockwerk tiefer von Zeit zu Zeit eine große Kurve über die Zeitungen der Nachbarn, darauf achtend, dass auf jeder mindestens ein kompletter Schuhabdruck zu sehen war. Sollten sie doch Briefe schreiben.

Als er die Eingangstür öffnete, wäre er fast mit dem Jungen aus dem dritten Stock zusammengestoßen. Der Junge zuckte zurück, und kurz sah es aus, als wollte er weglaufen. Ein schmächtiges, blasses Kerlchen, der Schulranzen ragte rechts und links über die Schultern hinaus, ein hellblauer Turnbeutel lag neben ihm auf dem Boden. Er selbst war auch so ein Kerlchen gewesen, »mickrig«, hatte sein Vater gesagt. Der Junge grüßte nicht.

Der alte Mann ging vorsichtig die Straße hinunter, es war glatt.

An der Ampel stand eine Frau mit langen braunen Haaren und wartete. In der Hand hielt sie eine blaue Plastikschale mit Erdbeeren. Es war so kalt, dass sie Wollhandschuhe trug, aber sie aß Erdbeeren und ließ die Kelchblätter achtlos auf die Erde fallen. Die Blätter sahen auf dem Schnee aus wie grüne gezackte Blüten. Er hob die Hand, wollte ihr auf die Schulter tippen, Sie verschmutzen den öffentlichen Raum sagen. Sie trug eine dicke Pelzjacke, sie würde ein Tippen kaum bemerken. Er zögerte, die Hand auf halbem Weg zu ihrer Schulter, überlegte, ob er seine behandschuhten Finger von hinten fest in ihren Rücken stoßen sollte. Sein Arm stand noch in der Luft, als die Ampel auf Grün wechselte. Er ging hinter ihr, die Augen fest auf die Stelle zwischen ihren Schulterblättern gerichtet, wo er sie hatte stoßen wollen.

Mit Erdbeeren waren sie ins Bordell gefahren, mit Erdbeeren statt Blumen. Hatten sie auf der Hinfahrt an einem Stand am Straßenrand gekauft. Die Früchte in den Spankörben auf dem Rücksitz waren überreif gewesen. Es hatte zu dämmern begonnen, die Luft staute sich im Auto, und Schweißperlen ließen die Bremsenbisse auf seinem Rücken jucken. Er hatte unten im Auto gewartet, er war frisch verheiratet gewesen. Hatte gewartet, bis die Nacht so kühl geworden war, dass er die Fenster hochkurbelte. Die Scheiben beschlugen,

Kondenswassertropfen rannen an ihnen herab, als seine Kollegen wiederkamen, die Türen aufrissen und gähnend einstiegen.

Der Bus zum Ostbahnhof war pünktlich, er setzte sich auf den Behindertensitz, sollten sie ihm doch nachweisen, dass er nicht behindert war. Am Abend würde er den Film von gestern entwickeln, Berliner Dom, Touristen unter dem Portal eng zusammengedrängt, grauer Himmel gespiegelt in Pfützen. Zwei Männer stiegen hinter ihm ein, blieben im Mittelgang stehen, neben seinem Sitzplatz, hielten sich mit einer Hand an den grauen Gummischlaufen fest. Er sah geradeaus, die braune Plexiglas-Trennscheibe vor ihm war mit Fingerabdrücken übersät. »Ein Gig Speicher, neunzehn MB Lesegeschwindigkeit, Corsair Voyager drei, zwölf Euro sechzig«, der eine hielt dem anderen einen kleinen roten Plastikklotz hin. »Sensationell«, sagte der.

Er sah aus dem Busfenster, sie fuhren am Kanal entlang, auf der Böschung winterkahle Büsche, zwischen ihnen Müll. Nicht weit von hier war er Lehrling gewesen, beim Atelier Wagner – Portraits und Werbefotografie. Hatte weiße Leinenanzüge mit weiten Beinaufschlägen getragen und versucht, mit den Mannequins anzubändeln. Hatte nach wenigen Wochen kündigen müssen, *Vater gestorben, ich brauch dich so sehr*, hatte Mutter telegrafiert.

Der Zug nach Hause war überfüllt gewesen, Schulkinder mit sonnenbrandgeröteten Gesichtern und kurzgeschorenen Haaren saßen lachend im Gang und riefen einander Scherze zu. Nachdem sie umgestiegen waren und die Räder in die Stille hinein *Delmenhorst*, *Delmenhorst* stampften, war etwas Beschämendes von unten, aus seinem Bauch aufgestiegen, bis hinauf zu seinen Augen. Die übriggebliebenen Fahrgäste starrten ihn an, Ellbogen stießen in Rippen. Er war aufgestanden, hatte sich in der Toilette eingeschlossen. Hatte sein Gesicht beim Weinen im Spiegel betrachtet, und dann betrachtete er sein Gesicht nach dem Weinen, denn er konnte unmöglich in das Abteil zurück.

Der alte Mann lehnte sich in das Polster, als der Zug anfuhr. Es roch nach kalter Asche im Abteil, sobald er sich vorbeugte, stärker. Der Aschenbecher in der rechten Armlehne stand einen Spalt offen, braun verfärbte Filterenden ragten heraus, der Aschenbecher war so voll, dass er nicht mehr schloss. Er versuchte die Kippen mit den Fingerspitzen hineinzudrücken, die Stummel gaben nach, Asche staubte auf seine Hose. Ekel zog ihn zurück, er würde sich beschweren, beim Schaffner beschweren. Er hatte keine Fahrkarte. Der Zug rollte langsam am alten Depot vorbei, rund und mit eingeschlagenen Scheiben und Schmierereien auf den teerbestrichenen Holzwänden. Die Schmierereien seien Buchstaben, hatte er in der Zeitung gelesen, er konnte keine Buchstaben erkennen. Das Schienenmuster verrostet, sah aus, wie für Kinder zum Spielen gedacht. Er könnte den Sitz gegenüber nehmen, oder ein anderes Abteil. Er hatte immer nur im Freien geraucht, seine Frau hatte gesagt, Rauchen verdopple die Hausarbeit.

Seine Frau war schön gewesen, schwanger, als sie einwilligte, ihn zu heiraten, er hätte nie gewagt, sie zu schwängern. Wochen später sagte sie, sie habe es verloren, das ändere nichts, dafür sei es zu spät. Er hatte genickt. Hatte zugesehen, wie sie das Haus mit Möbeln füllte, jeden Morgen ihre Lippen nachzog und beim Frühstück mit einem geübten Messerhieb ihr Ei köpfte. Wie sie ihren Finger anfeuchtete, ehe sie die Seite einer Illustrierten umblätterte. Bei jeder Zeile leise nickte, wenn sie die französischen Vokabeln für den Volkshochschulkurs durchging. Hatte gewartet, doch sie musste mehr verloren haben, denn, gleich wie oft und fest und entschlossen sie es versuchten, in ihr wuchs nichts.

Sie habe nicht geheiratet, um arbeiten zu gehen, sagte sie. Sie war zu Hause geblieben, hatte Kurse besucht, einen Lesezirkel. Bridge gespielt. Wenn er Nacht- oder Frühschicht hatte, hatte er ihr den Frühstückstisch gedeckt, ehe er zum Dienst ging. Mit Eierbecher und Stoffserviette, Letztere zu einem Segel gefaltet. Hatte Marmelade in Schälchen gefüllt, je zwei Käse- und zwei Wurstscheiben aufgerollt und auf einen Teller getan, Butter in kleine Vierecke geschnitten und dazwischengelegt, hatte alles mit Klarsichtfolie überzogen und in den Kühlschrank gestellt. Am Anfang, um ihr eine Freude zu machen, später, damit sie nicht fragte, warum er es unterließ.

Sie kaufte Bücher, ließ Regale anfertigen, dunkel und massiv an der kurzen Seite des Wohnzimmers. Wenn sie ausgingen, lachte sie viel und erzählte von dem Vertreter, der gesagt habe, sie müsse nichts über sich sagen, ein Blick auf ihre Bücher sei eine Offenbarung gewesen. Ihr Haar wurde immer kürzer, begann sich in erzwungenen Drehungen und Wellen zu winden, am Ende färbte sie es braun. Ihr Kinn, keck hatte er es genannt, gerne behutsam mit dem Zeigefinger drübergestrichen, wenn sie ihn ließ, wurde weicher, dehnte sich aus in Richtung Hals. Die wunderbare Wölbung zwischen Auge und Braue kam ins Rutschen. Ihre Wangen verlängerten sich nach unten, hingen in weichen Bögen über die Kinnlinie hinab. Er hörte auf, sie anzusehen, später auch, sie zu berühren. Irgendwann stellte er sich vor die Regale und suchte. Fand nichts außer *Menschen im Hotel* von Vicki Baum, *Nofretete, Kaiserin und Liebende* oder *Nero, Wahn der Macht*. Darunter zwei Bände Nietzsche, ungelesen. Camus mit Lesezeichen auf Seite zwölf. Die anderen bekämen immer den Kuchen und sie nur die Krümel, die übrigblieben, sagte sie, und nachts hörte er sie manchmal weinen.

Einfamilienhäuser und Parzellen mit Datschen zogen vorbei, der Himmel immer noch klar, der Schnee intakt. Vorbei an Gärten mit hartgefrorenen Gemüsebeeten, mit Holzschuppen, mit Apfelbäumen, an denen kleine, saure Winteräpfel hingen, die trotz ihrer roten Backen blass und kränklich aussahen.

Er war heimgekommen vom Dienst. War durch die Terrassentür in den Garten gegangen, denn er hatte gerufen, und sie hatte nicht geantwortet. Still lag sie. Inmitten der feuchten, sich schwerfällig im Wind wölbenden Wäsche, der ächzenden, schwarz lackierten Pfähle, zwischen denen die Leine gespannt war, der hüpfenden Amseln auf dem kurzgemähten Rasen, inmitten der Bienen, Wespen, Hummeln, die um Blüten kreisten, lag sie still. Lag auf der Seite, ein paar Zentimeter neben ihr der bunte Klammerbeutel. Neben dem Klammerbeutel blühten Gänseblümchen. Er war ins Haus zurückgegangen, hatte die Dienstmütze an die Garderobe, die Jacke auf einen Bügel gehängt. Hatte die Kamera geholt.

Die Bücher verschenkte er mitsamt den Regalen an einen Trödler. Der Trödler war zuerst misstrauisch, untersuchte Regale und Bücher mehrmals nach Holzbock und anderem Ungeziefer, ehe er sie abholte.

Der Zug fuhr eine große Kurve, nächster Halt Frankfurt/Oder wurde über den Lautsprecher angesagt, zwei leere Bierdosen, pulvrig graue Zigarettenasche um die Trinköffnung, kippten um, rollten erst langsam und dann immer schneller den Gang hinunter.

Lichtstrahlen schossen durch schnell vorbeiziehende Tannenstämme. Trommelfeuer hatten sie das genannt, als der Zug ihn an Sommermorgenden zur Volksschule nach Stettin fuhr. Lichttrommelfeuer – nicht fotografierbar.

2.

»Die Fahrkarte bitte.« Der Schaffner war eine Frau, einen silbernen Knipser in der rechten Hand, die Linke ein wenig ausgestreckt, auf seine Fahrkarte wartend.

»Der Zug kam zu spät«, sagte der alte Mann.

»Ja, das bedauern wir sehr«, sie lächelte, blond und sehr braun für Februar, »die Fahrkarte bitte.«

»Der Zug kam zu spät«, wiederholte er, seine Hände zitterten, er nahm eine in die andere, damit sie es nicht sah.

Die Schaffnerin nickte.

»Ich habe Sie verstanden«, sagte sie laut, jede Silbe einzeln aussprechend, »ich müsste trotzdem Ihre Fahrkarte sehen.«

»Das ist ein Nichtraucherabteil«, sagte er und sah hinab auf den vollen Aschenbecher.

»Ja, ich weiß, unmöglich. Haben Sie eine Fahrkarte?«

»Nein«, er schüttelte den Kopf, »der Zug kam zu spät.«

»Kommen Sie«, die Schaffnerin beugte sich vor, griff nach dem Schulterriemen seiner Tasche.

»Die ist schwer«, sagte der alte Mann und griff ebenso zu, »die gehört mir, das ist mein Eigentum.«

»Sie kriegen sie ja gleich wieder«, die Schaffnerin lächelte, die Schaffnerin war schneller als er. »Ich muss

Ihre Personalien aufnehmen«, sie hängte sich den Riemen über das Schulterpolster ihrer Bahnuniform, »Ihren Ausweis haben Sie dabei?«

Er fasste an seine linke Brust, tastete nach der Brieftasche, sie war da, quadratisch und fest unter dem weichen Wollstoff des Mantels. Die Schaffnerin schwankte, als der Zug anhielt, sie hielt sich am Gepäckgitter fest, er hätte sie gern geschubst.

»Kommen Sie«, ihre Hand näherte sich seinem Arm, er zog ihn weg, eine Frau schob die Abteiltür auf, einen blauen Einkaufskorb in der einen Hand, an der anderen ein dunkelhaariges Mädchen hinter sich herziehend. Er sah auf den Boden, schmelzender Schneematsch, wartete, bis sie ausgestiegen waren, ehe er zur Tür ging.

Der Himmel blau und leer, der Regen langsamer als der Regionalexpress, er sah sehr deutlich seine Atemwolke und hinter der Atemwolke Fahrgäste, die alle in eine Richtung gingen, eilig, auf der glattgetretenen Schneeschicht Halt suchend, die Schultern hochgezogen. Nur er blieb stehen, und die Fototasche berührte seinen Handrücken und hing an der Schulter der Schaffnerin.

Die Schaffnerin begann zu winken.

»Hier«, rief sie, ein Mann im Gedränge reagierte, er trug eine Bahnuniform, er kam auf sie zu. Der alte Mann berührte mit der Hand das feste Quadrat unter dem Wollstoff, sie war noch da, in der Innentasche, er war ein Mensch mit Personalausweis und Rechten, versichert und ohne Schulden, er war pensioniert, er war Polizeibeamter. Er kannte das alles. Er hatte eine Uniform getragen, eine richtige, keine blau-rote Bahnuniform. Er hatte Menschen am Arm genommen und neben sich hergeschoben. Er hatte sich Personalausweise zeigen lassen und »Kommen Sie« gesagt. Er kannte das alles. Er hatte seinen Abschied freiwillig eingereicht, die Dienststelle erklärte in seiner Entlassungsurkunde ihr Bedauern. Er kannte sein eigenes Widerstreben, wusste, wie es für den Schaffner aussah, der rasch auf sie zukam. Er kannte die schleppenden Schritte, das zurückstrebende Gewicht der Frau, um deren Oberarm die Hand des Schaffners lag. Die Frau war klein und stämmig, der Schaffner hatte Mühe, sie hinter sich herzuziehen.

»Sie hat weder Papiere noch Geld, sagt sie«, rief er ihnen entgegen.

Plötzlich stemmte die Frau ihre weißen Turnschuhe in den vereisten Untergrund, warf sich nach hinten, riss den Arm hoch, einen Moment lang war nur noch beiger Jackenärmel zwischen den Schaffnerfingern.

»Hiergeblieben«, der Schaffner packte ihren anderen Arm, ihren Kopf, drückte ihn auf ihre Brust, in den Pelzkragen ihrer Jacke, eine blaue Tasche flog durch die Luft.

Die Frau gab auf. Ihr Gesicht war gerötet, das Haar zerzaust, sprödes quittengelbes Haar mit dunklem Streifen am Ansatz.

»Alles geraubt«, sagte sie außer Atem, »alles weggenommen«, sie schüttelte den Kopf, die breiten Lippen zusammengepresst.

Er schätzte sie auf Anfang fünfzig. Sie hob die blaue Tasche auf und drückte sie mit beiden Händen vor ihren Bauch, auf die Tasche war ein goldener Anker genäht.

»Wie heißen Sie?«, fragte die Schaffnerin und lächelte nicht.

»Potulski. Jana Potulski.«

»Können Sie sich ausweisen?«

»Nein, ich sage doch, alles geraubt«, die Frau seufzte, ihre dunklen Augen musterten das adrette Blau-Rot der Bahnuniform.

»Und der?«, der Schaffner sah fragend die Schaffnerin an.

»Keine Fahrkarte«, antwortete sie.

»Kommen Sie, junger Mann.«

Er fühlte, wie sich die Schaffnerhand um seinen rechten Arm legte, sein Magen war plötzlich Übelkeit, weiche Übelkeit, sich ausdehnende Übelkeit. Speichel lief in seinem Mund zusammen, Speichel so flüssig wie Wasser, sein Mund war ein Springbrunnen, ein überlaufender Springbrunnen, er presste die Lippen zusammen. Etwas Hartes drückte gegen seine Schläfen, »Vorsicht«, hörte er die Schaffnerin rufen, ein harter Balken drückte sich in seinen Rücken. Der Tag wurde schwarz, er zog die Augenlider hoch, es blieb schwarz. »Achtung«, rief jemand und »Scheiße«, und das Kratzen von Füßen, von Füßen, die auf glattgetretenem Schnee Halt suchten. Aber das war hinter seinen Lidern, und seine Lider waren eine Mauer, und hinter der Mauer war er sicher. Die Übelkeit zog sich zusammen, langsam, zu einem Klumpen, einem kleinen Klumpen, den man in die Hand nehmen und hochwerfen und auffangen konnte wie einen Ball. Er saß auf einer Bank, einer feuchten Bank, und neben ihm saß die Schaffnerin. »Das Scheißweib ist abgehauen«, sagte sie und »Fühlen Sie sich besser?« und »Brauchen Sie einen Arzt?«

Er schüttelte den Kopf, »nein, danke«, und Speichel lief aus seinem Mund und tropfte auf den Mantel.

Einen Moment saßen sie schweigend nebeneinander, stießen Atemwolken aus, er tastete nach seiner Brieftasche, sie war noch da. Der Schaffner kam wieder. »Weg«, sagte er.

»Stimmen Sie der Aufnahme in das Schwarzfahrerregister der Deutschen Bahn zu«, fragte die Schaffnerin. »Im Falle Ihrer Zustimmung würden wir von einer Strafanzeige absehen«, ihre Ellbogen hatte sie auf die hellgraue Platte des Schreibtisches gestützt, »Sie sind noch Ersttäter«, setzte sie hinzu, bei »Ersttäter« lächelte sie.

Er saß auf einem der schmalen Besucherstühle, schwarz mit uniformblauen Polstern, er nickte.

»Gut«, ihr Lächeln wurde breiter, als habe er ihr eine Freude gemacht, »dann benötige ich Ihren Ausweis.« Ihr linker oberer Schneidezahn stand ein wenig vor, sie wandte sich dem Computermonitor zu, tippte, ihr Schreibtisch leer, nicht ein Blatt Papier war zu sehen, nur eine Grünpflanze, die in braunen Klümpchen statt in Erde wuchs. Sie blickte auf, »der Ausweis?«

Er sah hinab, sah zu, wie seine behandschuhten Finger einen Knopf nach dem anderen durch die engen Ösen schoben, wie sie die Mantelaufschläge öffneten, seine Rechte tastete nach dem Quadrat. Kalte Luft drang mit ihr vor, die aufgestaute Wärme entwich, er fröstelte, als er die Brieftasche herauszog.

Es dauerte, bis er den Ausweis aus seinem lächerlich engen Fach in der Brieftasche gezerrt hatte, ihre Finger warteten auf der Tastatur, sie trug keinen Ehering. Das Telefon klingelte, sie bat ihn nicht um Entschuldigung, als sie nach dem Hörer griff. »Customer point drei«, meldete sie sich lächelnd.

Er rührte sich nicht.

»Ausweis«, formte sie tonlos mit den Lippen. Er legte ihn vor sich auf die Tischplatte, so dass sie ihn sehen konnte. Sie winkte mit den Fingern, näher zu mir, langsam schob er den Ausweis über das Furnier, bis zur Tischmitte, dort ließ er ihn liegen, gewellt und mit abgeknickten Ecken. Sie musste nur den Arm ausstrecken, sie nickte stumm vor sich hin, betrachtete ihre Fingernägel, den Hörer zwischen Schulter und Ohr eingeklemmt. Er überlegte, ob er aufstehen, den Ausweis einstecken und leise gehen sollte. »Hab ich auch verstanden«, sie nickte heftig, der eingeklemmte Hörer kam kurz ins Rutschen, »P wie Peter, O wie Otto, T wie Theodor, U wie Ulrich«, sie brach ab, lauschte kurz, »ja genau.«

Die Frau im Zeitschriftenladen war überrascht. Der Bus nach Berlin fahre selten und brauche doppelt so lange und koste fast das Gleiche wie mit der Bahn, antwortete sie. Die Haltestelle sei vor der Post, er befände sich aber gerade am Bahnhof, am Hauptbahnhof von Frankfurt/Oder, er könne auch den Zug nehmen. Ja, vor der Post, aber wie gesagt.

Es regnete, als er aus dem Bahnhofsgebäude trat, die akkuraten Linien und Kanten, mit denen der Schnee die Dächer nachgezeichnet hatte, waren ins Rutschen gekommen, hingen in der Mitte durch in weichen Bögen. Frankfurt/Oder würde er nicht fotografieren, jetzt nicht mehr, vor dem Bahnhof warteten Taxis, er beschloss, mit dem Taxi zur Post zu fahren.

Als er auf den ersten Wagen zuging, sah er den Fahrer durch die Windschutzscheibe hastig die Zeitung zusammenfalten und den Deckel auf eine Thermoskanne schrauben. Er dachte an den Tee in seiner Tasche, stieg vorsichtig über den grauen Schneewall zwischen Bürgersteig und Fahrbahn und klopfte an das Seitenfenster. Der Fahrer stieg nicht aus, der Fahrer öffnete die Beifahrertür von innen, »immer rein, immer rein«, sagte er.

Der alte Mann wäre lieber hinten eingestiegen, früher war man in ein Taxi immer hinten eingestiegen, auch wenn man allein fuhr. Er zog die Beifahrertür weiter auf und reichte dem Fahrer die Fototasche, der legte sie achtlos auf den Rücksitz.

Er ignorierte die ausgestreckte Hand, hielt sich an Türöffnung und Kopfstütze fest, ließ sich langsam rückwärts hinab, bis er den Sitz unter sich fühlte. Seine Beine waren noch draußen, die Beine hatte er nachziehen wollen, sein Schuh blieb hängen.

Er versuchte es noch einmal, hob das linke Knie, beschrieb mit dem Oberschenkel einen Halbkreis in Richtung Türöffnung, sein Schuh blieb hängen. Dort, wo die Sohle vorstand, wo sie mit dem Oberleder vernäht war, blieb sie hängen an der schwarzen Gummifütterung der Tür. Er versuchte das Bein höher zu heben, sein Oberschenkel begann zu zittern, höher ging nicht.

»Geht's«, fragte der Fahrer.

»Ja«, antwortete er, ließ das Bein wieder sinken, Schneematsch quoll unter der Sohle hervor. Er schob beide Hände unter den linken Oberschenkel, verschränkte die Finger, zählte tonlos bis drei, zog und hob gleichzeitig erst das linke und dann das rechte Bein ins Wageninnere.

»Zur Post.« Er wollte die Tür zuknallen, doch dafür reichte es nicht, sie schloss mit einem Schmatzen. Sein Körper wurde gegen die Tür gedrückt, als sie vom Bahnhofsplatz fuhren, gegen die Tür gedrückt, wie ein Sack, gefüllt mit irgendwas, er tastete nach dem Haltegriff über dem Fenster. Bis zur Pensionierung war er zwei Mal die Woche schwimmen gegangen. Zwei Mal die Woche hatte er vor dem Dienst frierend auf dem Sprungblock gestanden, hatte tief eingeatmet, hatte Finger auf Fußspitzen gepresst und war nach vorn geschnellt. Zwanzig Bahnen, zwanzig Mal die Linie entlang, die seine von den anderen Bahnen trennte, schwarz und mit einem T-Balken am Ende. Olympiabahnen, zehn Brust, zehn Kraul war er geschwommen, neunzehn Mal hatte er gewendet, beim T-Balken, neunzehn Mal vor dem Dienst.

»Arztbesuch«, fragte der Fahrer.

»Zur Post«, wiederholte der alte Mann, »bitte«, er bemühte sich, gerade zu sitzen, sah nach vorn, die Scheibenwischer verschmierten Regentropfen. Sie hielten an einer roten Ampel, der Fahrer schwieg. Eine Frau mit buntem Anorak und winterbleichem Gesicht überquerte die Straße, sie trug rechts und links volle Aldi-Tüten. Er meinte im Augenwinkel eine Bewegung wahrzunehmen, der Fahrer hatte den Kopf gedreht, musterte ihn. Er fühlte den Blick auf seiner Schulter, seinem schuppenbesetzten Kragen, fühlte, wie der zerknitterte Mantel besehen wurde, der glattgescheuerte Cord über seinen Knien, die Fäden am Hosensaum. Der Schnee hatte weißzackige Linien auf seinen Schuhen hinterlassen, die Schuhspitzen waren zerschrammt, der rechte Schnürsenkel gerissen und wieder verknotet. Verwahrlost, musste der Fahrer denken, er war verwahrlost. Er bemühte sich, gerade zu sitzen, sah nach vorn, an Körper und Kleidung verwahrlost, graues Schneewasser spritzte auf, als sie beschleunigten.

Der Bus fuhr in wenigen Minuten, er stellte sich unter den Windschutz der Haltestelle, der Regen durchnässte seine Hose von den Knien abwärts.

»War es schlimm«, fragte eine Frauenstimme dicht hinter ihm. »War es schlimm?«

Er fuhr herum, Jana Potulski hatte den Kopf schief gelegt, musterte ihn.

»Nein«, er schüttelte den Kopf, »Nein, war nicht schlimm.«

»Ich muss rüber«, sie zeigte mit dem Daumen hinter sich, »über die Grenze.«

»Haben Sie Hunger«, fragte der alte Mann.

Sie zögerte, sah hinab auf ihre nassen Turnschuhe, er öffnete die Schnalle der Fototasche, klappte den Deckel auf, zog die Klarsichttüte mit den Broten heraus.

»Hier«, sagte er und hielt sie vor sie hin, »Mettwurst oder Schmelzkäse?« Die Thermoskanne ließ er in der

Tasche, er hatte nur einen Becher, er wollte Becher und Tee nicht aus Höflichkeit ihr überlassen.

»Was machen Sie in Deutschland«, fragte er.

»Arbeiten«, sie biss große Stücke aus dem Mettwurstbrot, »arbeiten in Rheinsberg. Saubermachen.«

»Warum fahren Sie nicht nach Rheinsberg zurück, wenn Ihnen alles gestohlen wurde, wie Sie behaupten?«

»Nein«, sie musterte das Gemisch aus Schneeresten, rötlichem Streusand und flachgetretenen Zigarettenkippen, schien nachzudenken, ihre Wimpern besetzt mit schwarzen Tuscheklümpchen, ein paar hinabgefallen auf die Tränensäcke. »Nein, da ist niemand, die Familie ist auch in den Ferien«, sie sah ihm plötzlich ins Gesicht. »Deswegen habe ich frei«, sie nickte bekräftigend, »keiner da, um ihn sauberzumachen.«

»Haben Sie jemand«, fragte sie.

»Wie meinen Sie?«

»Haben Sie jemand? Sorgt jemand für Sie? Macht sauber, essen, einkaufen, Pflanzen gießen, redet mit Ihnen?«

»Nein«, antwortete er und »ich habe keine Pflanzen.«

»Gut«, sie nickte zufrieden, »so machen wir das.«

»So machen wir was?«

Ihr großer Mund lächelte ruhig.

»Meine Wohnung hat nur zwei Zimmer, ich könnte Sie gar nicht unterbringen.«

»Ein Sofa, Sie haben bestimmt ein Sofa. Ich schlafe auf dem Sofa.«

»Nein. Auf dem Sofa kann man nicht schlafen«, er stockte, »tut mir leid, es ist zu kurz, zu kurz für einen ausgewachsenen Menschen.«

»Ich bin ganz klein«, sie legte die Handfläche auf ihren Scheitel, »klein wie ein Mädchen«, sie lachte, »eins zweiundsechzig«, sie drehte sich zu beiden Seiten, damit er sehen konnte, wie klein sie war, sah hinab auf die Turnschuhe, zu ihm hoch, »sehen Sie, ganz klein.« Ihre Finger waren kurz und gut gepolstert. »Kommen Sie«, sie griff nach seinem Mantelärmel.

»Frau Potulski«, er presste die Lippen aufeinander, seine Mundwinkel zitterten, »Frau Potulski.«

»Es ist nicht für lange«, ihre Hand legte sich auf seinen Unterarm, drückte ihn tröstend, »nicht für lange«, wiederholte sie, »ich rufe meine Schwester an, meine Schwester schickt mir schnell einen neuen Pass.«

»Ich kann«, er zögerte, von ihrem Brot war nur noch die Rinde übrig, die Rinde verschwand in ihrer beigen Jackentasche, sie lächelte, sie hatte erstaunlich weiße Zähne. »Ich kann«, begann er noch mal, »wenn Sie nach Berlin wollen, es sind viele Polen in Berlin. Ich kann, wenn Sie wollen, ich kann Ihnen den Bus bezahlen, aber mitnehmen kann ich Sie nicht.«

Der Regen war wieder zu Schnee geworden, zu schnell kreiselnden Daunenflocken; grau sahen sie aus, kurz bevor sie an der Windschutzscheibe zerschellten, grau und nicht weiß, grau wie wirbelnde Asche. Sie setzte sich auf den Platz neben ihm, sagte »warm« und schüttelte sich wohlig. Er nickte, dachte an den Tee in seiner Tasche.

»Nicht verheiratet«, fragte sie, das breite Gesicht schief gelegt.

»Ich bin Witwer«, er drehte sich weg, zum Fenster.

Draußen war es dunkel geworden, in der Scheibe war nur er selbst zu sehen, müde und mit zerknittertem Mantel.

»Und, immer in Berlin?«, ihre Stimme war bemüht freundlich.

»Ob ich immer in Berlin gelebt habe?«, er betonte die beiden letzten Worte. »Nein, seit meine Frau gestorben ist, seitdem wohne ich in Berlin.«

»Wie traurig«, sagte Frau Potulski, »so traurig«, und schüttelte den Kopf.

»Was ist traurig? Dass ich umgezogen bin?«

»Nein. Ihre Frau«, antwortete sie geduldig.

Sein Spiegelbild in der Scheibe zuckte mit schwarzen, wattierten Schultern, die dringend ausgebürstet werden mussten. Er schloss die Augen, als wollte er schlafen.

»Sie sind Rentner«, stellte Frau Potulski fest.

»Pensioniert«, antwortete er knapp.

»Was machen Sie den ganzen Tag«, fragte Frau Potulski.

»Ich fotografiere.« Er ließ die Augen geschlossen, vielleicht hörte sie auf.

»Und was?«

»Ist egal«, er ließ den Kopf ein wenig zur Seite sinken, als ließe die Müdigkeit seine Muskeln erschlaffen.

»Mich würde es interessieren.«

Sie hörte nicht auf.

»Das meine ich nicht. Mir ist egal, was ich fotografiere.«

3.

»Bitte«, sagte er, und weil sie sich vor dem dunklen Flur fürchten konnte, griff er an ihr vorbei nach dem Lichtschalter, doch der Lichtschalter war weg. Nur Raufasertapetenhubbel, er tastete höher, Metall stieß gegen Metall – das Schlüsselbrett –, tastete weiter nach unten, nicht da, nur hubbelige Raufaser, und er wusste, seine Finger zitterten. »Moment, ich mache kurz Licht«, sagte er. »Damit Sie auch was sehen können«, sagte er und schämte sich sogleich. Eine gerade Kante berührte seine Finger, plastikglatt und hart, seine Finger glitten über den Sockel, erleichtert sah er nach oben. Zur Schale aus weißem Glas mit Glühbirne dahinter. Und zwischen Glühbirne und Schalental, und er war sich sicher, er hatte sie noch nie gesehen, Insektenschatten. Gespreizte Flügelpaare und steife Beine, bullige Wespenkörper, dreieckige Motten, zentimeterlange Nachtfalter, in der Mitte so dicht liegend, dass er die einzelnen Tiere nicht mehr ausmachen konnte.

»Bitte«, wiederholte er und trat einen Schritt zurück, so dass zwischen ihm und ihr ausreichend Luft verbleiben würde, wenn sie an ihm vorbeiging, »bitte«, und sie ging an ihm vorbei und lächelte ihm zu und stempelte mit ihren Turnschuhen schwarznasse Rhomben auf seine Dielen und sah nicht hoch.

Nach wenigen Schritten blieb sie im Flur stehen und drehte eine Viertelrunde auf der Stelle. Musterte die Stettiner Hakenterrasse, kupfergestochen, die schwarze Mützenreihe auf dem Garderobenbord, den verfärbten Spiegel, ihr Gesicht verschlossen.

»Stettin«, sagte er und berührte mit der Hand den dunklen Holzrahmen, »dort bin ich geboren«, er fühlte ein kleines, besitzstolzes Lächeln in seinen Mundwinkeln.

»Wir sprechen nicht über den Krieg«, sie drehte sich eine Viertelrunde weiter, ihre Stimme laut und fest.

Er nahm den einzigen freien Bügel von der Garderobenstange, »darf ich«, und streckte ihr die Hand entgegen. Für kurze Zeit war sie ratlos, dann fasste Frau Potulski nach dem Reißverschluss, sie trug ein schwarzes T-Shirt unter der Jacke, er war enttäuscht. Ein schwarzes Herren-T-Shirt, ein wenig zu groß, ihre Brüste darunter enorm.

»Sagen Sie Jana zu mir«, sie lächelte.

»Aber ich kann nicht Jana sagen, und Sie sagen Sie zu mir«, protestierte der alte Mann. Frau Potulski lächelte weiter.

»Sie können Jana und Sie sagen«, sagte sie. »Wie heißen Sie mit Vornamen?«

»Hermann«, sagte der alte Mann, er beschloss, sie weiter Frau Potulski zu nennen, zumindest in Gedanken.

Sie ging durch den Flur, wandte sich nach rechts, hinterließ schwarznasse Linien auf den Dielen, auf dem weißen Linoleum.

»Das ist die Küche«, sagte er überflüssigerweise, als

sie mit der Hand über die weiße Wolldecke des Küchentischs fuhr, mit der Handfläche die Brotkrumen – zwei Mettwurst, zwei Schmelzkäse – an der Tischkante zusammenfegte und sie mit der anderen Handfläche auffing. Ihre Finger strichen über die hellbeige Arbeitsplatte, nahmen das Messer, mit dem er die Brote geschmiert hatte, vom Rand der Spüle und legten es behutsam in das Becken. Frau Potulski öffnete den Kühlschrank, sah kurz hinein, ebenso in die Hängeschränke, glitt mit den Fingern die Goldränder der Tellerstapel hinab, ihr Gesicht unbewegt, ihr Urteil über das Vorgefundene nicht erkennbar.

»Und dort?«, sie zeigte auf die kleine weiß lackierte Tür neben der Spüle, »was ist dort?«

In der ersten Woche in Berlin hatte er es mit Saufen versucht. Dienstag, vierzehn Uhr sechsundzwanzig war genau richtig, um damit anzufangen, entschied er. Er hatte eine Flasche Korn aus dem Supermarkt mitgebracht, Korn war richtig, ein Glas zu benutzen erschien ihm falsch. Er hatte sich an den Küchentisch gesetzt, das Radio angestellt, Brahms, den mochte er nicht, Brahms war auch richtig.

Er hatte sich gelangweilt. Hatte mit dem Daumennagel Linien in die vereiste Flaschenoberfläche gezogen und mit verschieden großen Schlucken herumprobiert. Viele kleine schnell hintereinander gefielen ihm am besten. Warm war ihm nach einiger Zeit geworden, er saß in einer warmen Hülle. In einer warmen Hülle, an der unten ein Gewicht festgebunden war, und das Gewicht zog ihn hinab.

Er tauchte auf und wusste nicht wo, aber weiße Wolldecke war richtig, da gehörte er hin, und die Flasche war auch richtig, und Musik war irgendwo, und er war aufgetaucht aus Wärme und versunken gewesen, nein betrunken gewesen, und es war dunkel, und er war in seiner Küche, und es brannte kein Licht. Vielleicht war es Zeit zum Weinen, er hatte die Flasche geschüttelt, es war noch etwas übrig. Beim Ansetzen stieß er mit dem Flaschenboden gegen die blaue Pfeffermühle, sie schwankte. Er zielte, die Pfeffermühle fiel über die Tischkante, ihr war egal, was ihm geschah, und das Gewicht zog ihn hinab.

Später hatte er vor dem Herd gelegen, gekrümmt, im Rücken Schmerzen, im Kopf Schmerzen, Pfefferkörner auf dem weißen Linoleum neben seinem Gesicht. Seine Beine sonnenbeschienen, sonnengewärmt, er war in den Flur gekrochen, weg vom Fenster.

Er hatte es in den folgenden Tagen weiter versucht, mit Whisky, mit Wodka, doch Saufen blieb Langeweile und Wegtreten und nichts dazwischen.

Die Dunkelkammer hatte er in die Speisekammer neben der Spüle eingebaut, Abseite, nannte sie die Maklerin bei der Wohnungsbesichtigung. Er hatte das längliche Fenster mit schwarzer Folie verklebt, einen Folienvorhang vor die Tür genagelt, hatte Leisten rechts und links in die Wand gedübelt, eine Spanplatte zurechtgesägt und auf die Leisten gelegt, Regalbretter darüber befestigt. Er hatte den neuen Belichter aus dem Karton genommen und ihn auf die Spanplatte gestellt, die Entwicklerschalen daneben, die Flaschen ins Regal geräumt, auch das Fotopapier, auf das er lange hatte warten müssen. Danach war er ins Bett gekrochen, die Knie zittrig, die Handgelenke geschwollen und schmerzend.

»Das ist die Dunkelkammer«, er schob Frau Potulski ein wenig zur Seite, griff an ihr vorbei, drehte den Schlüssel und zog ihn ab. »Da drin entwickle ich meine Bilder«, er steckte den Schlüssel in die Hosentasche, »da darf kein Licht rein, da darf niemand rein.«

Frau Potulski sah zum Fenster, musterte die fest gespannte Wäscheleine, an der die Regenfotos hingen, und zuckte mit den Achseln. Sie ging in den Flur zurück, er blieb dicht hinter ihr. Sie wandte sich nach links, schaltete das Licht im Wohnzimmer ein.

»Was ist das«, fragte sie und deutete auf die Pappschuber, die sich an der Wand hochstapelten.

Er brauchte sechs Schuber pro Jahr, je einen für zwei Monate. Er bestellte sie immer zur Weihnachtszeit, als Sonderangebot, fünf musste er bezahlen, den sechsten bekam man umsonst. Es waren Kassetten aus schwarzer Pappe mit einem Schubfach zum Herausziehen. Vorn hatten sie ein kleines Sichtfenster, bei den älteren Kassetten aus glänzendem Metall, bei den neueren aus schwarzem Kunststoff. Er beschriftete die Sichtfenster nicht. Hüfthoch stapelten sie sich an der kurzen Seite des Wohnzimmers, mehr als sechzig waren es, dessen war er sich sicher, bei sechzig hatte er aufgehört nachzurechnen.

»Fotos«, antwortete er, »sehen Sie«, er zeigte auf das Sofa, »sehen Sie, es ist viel zu klein.«

»Das reicht für mich«, sie drückte mit der Hand prüfend das braune Polster ein, nickte zufrieden.

Breitbeinig stellte sie sich vor die rote Stehlampe, zog an der beigen Seidenkordel, eine der Birnen ging an, sie sah unter den Schirm.

»Die anderen kaputt?«

Er nahm ihr die Kordel aus der Hand, zog, zwei Birnen, zog noch mal, drei Birnen, zog noch mal, alle aus. Bei jedem Zug nickte sie wie ein kleines Mädchen, dem was beigebracht wird, »gut«, sagte sie, »gut.«

»Sie müssen Ihre Schuhe ausziehen«, erwiderte er, »Sie machen die Dielen schmutzig«, er zeigte auf die schwarzen Rhomben.

Sie kam auf Socken wieder, stellte behutsam die blaue Tasche neben das Sofa.

»Frau Potulski«, sagte er, so laut er konnte, »Frau Potulski, Sie können nicht –«

»Jana, nicht Frau Potulski, Jana bitte«, sie lächelte, »haben Sie ein Telefon?«

Er nickte.

»Darf ich telefonieren? Meine Schwester anrufen?«

»Ja«, sagte er schnell, »ja natürlich, aber Sie können nicht auf dem Sofa –«

»Wegen meinem Pass, ich muss wegen meinem Pass anrufen, verstehen Sie«, sie machte eine kurze Pause, »verstehen Sie, Hermann? Ich muss anrufen, damit meine Schwester einen neuen Pass schickt.«

»Ja, natürlich versteh ich das«, sagte er ungeduldig, »das Telefon ist im Wohnzimmer, bitte.«

Er wartete, bis sie den Hörer abnahm, bis er leise das Freizeichen hören konnte, und ging ins Bad. Sie würde polnisch sprechen, er würde sie nicht verstehen. Er schloss die Tür ab, das tat er sonst nicht, kontrollierte zuerst das Toilettenbecken, es war weiß, sauber. Die Badewanne war um den Abfluss herum braun verklebt, graue Haare hingen im Sieb. Im Waschbecken eingetrocknete Fließspuren weißer Zahnpasta, er drehte den Wasserhahn auf, so dass ein dünnes Rinnsaal floss, das sie nicht hören konnte. Schwamm und Scheuermilch waren in dem Schränkchen unter dem Waschbecken, sein rechter Ärmel rutschte beim Putzen immer wieder runter, egal, wie hoch er ihn schob, sein Pulloverbündchen und die Hemdmanschette sogen sich mit Wasser voll. Er wurde wütend, er putzte wegen dieser Person sein Bad, wegen dieser Person, die er nicht eingeladen hatte. Die einfach mitgekommen war. Nein, die ihn einfach mit nach Hause genommen hatte, ihn in sein Zuhause mitgenommen hatte, als wäre es ihres. Er versuchte, den Pulloverärmel auszuwringen, doch es kamen nur einzelne Tropfen, er stampfte, das tat im Knöchel weh.

Auf dem Spiegel winzige Zahnpastapunkte, der Glasreiniger war unter der Spüle in der Küche, er müsste am Wohnzimmer vorbei. Er stellte den Zahnputzbecher und die rote Plastikdose, in der er über Nacht seine Brücke aufbewahrte, zurück auf den Waschbeckenrand. In dem Regal neben dem Waschbecken lagen hellgrüne Rasierseife, bartstoppelbeklebt, ein zerzauster Pinsel, Old Spice After Shave, die Seborin-Flasche, ein weiß-gelber Vaselinetiegel, der Deckel fettverschmiert, eine eingestaubte Nivea-Dose, Q-Tips, ein Wattepaket.

Ganz hinten, zum letzten Mal beim Umzug benutzt, lag zusammengesunken sein schwarzer Kulturbeutel. Er nahm ihn vorsichtig aus dem Regal, der Reißverschluss leistete keinen Widerstand, der Beutel war leer. Die Zahnpasta ließ er liegen, vielleicht hatte sie keine dabei; die rote Plastikdose verschwand zuerst in dem Beutel, dann seine Zahnbürste, die Rasierseife, Pinsel, Seborin, Vaseline, Rasierwasser, die Nivea-Dose wischte er mit Toilettenpapier ab, sie blieb im Regal, ebenso die ungeöffnete Kamillenhandcreme, die Watte und die Q-Tips.

Sie war in der Küche, drehte sich zu ihm um, als er hereinkam, deutete auf die Regenfotos an der Wäscheleine.

»Alles ist hässlich«, sagte sie.

Ein paar sandige Kartoffeln lagen auf einer Zeitungsseite auf der Arbeitsplatte.

»Ist die von heute«, fragte er.

Sie schüttelte den Kopf, öffnete den Hängeschrank über der Arbeitsplatte, stellte sich auf Zehenspitzen und spähte hinein.

»Was suchen Sie?«

»Lorbeer«, antwortete sie.

»Habe ich nicht. Habe ich noch nie gebraucht«, er lehnte sich gegen den Türrahmen, sie könnte fragen, und er könnte ihr reichen, was sie benötigte.

»Setzen Sie sich«, Frau Potulski zeigte auf einen seiner Küchenstühle, »Sie stören.«

Er verschränkte die Hände auf der Wolldecke, um nicht aufzustehen, sobald sie sich suchend nach etwas umsah. Sie nahm ein Glas mit löslicher Brühe aus dem Schrank, drehte den grünen Plastikdeckel auf, sah hinein, roch an der Öffnung, roch ein Mal, roch zwei Mal.

»Die Brühe ist neu«, sagte er, sie stellte das Glas auf die Arbeitsplatte. Die Wand über dem Gasherd war vom Fett bräunlich verfärbt, seine Wohnung anders als sonst. Seine Wohnung war verwahrlost.

»Schön«, sagte sie, deutete auf den Kalender an der Wand über dem Küchentisch, Almhütte mit rosa Kirschblüten, die Baumstämme nicht im Bild, nur die Blüten rechts und links. Er hatte ihn geschenkt bekommen, hatte keine Lust gehabt, dem Apotheker zu erklären, dass er ihn nicht wollte. Hatte genickt, als der Apotheker ihn lächelnd zu der Ischiassalbe in die Tüte schob. Schweigend hatte er die Tüte genommen und war gegangen, »Frohes Neues Jahr«, hatte der Apotheker hinter ihm hergerufen.

Den Kalender wegzuwerfen, war Verschwendung. Er hatte lange gezögert, das Pedal des Mülleimers hinabgetreten, den Kalender in der Hand, der Abfall roch schimmlig. Er hatte vorgehabt, ihn zusammenzurollen, ihn auf die feuchten Teebeutel, auf die knirschenden Eierschalen zu drücken, er hatte den Fuß vom Pedal genommen, Wegwerfen war Verschwendung. Eine Weile dachte er darüber nach, das Bild abzuschneiden, nur den Kalender aufzuhängen, aber die Öse war oben am Bild befestigt, er hätte sie abschneiden und an den unteren Teil kleben müssen, das war zu umständlich.

»Sie kommen aus Rheinsberg«, begann er.

»Aus Poznań eigentlich, aber gerade komme ich aus Rheinsberg«, Jana Potulski lächelte, sie nahm ein Bund Suppengrün aus der Schublade seines Kühlschranks.

»Wohin ist die Familie, bei der Sie arbeiten, gefahren?«

Ihre Fingernägel lösten die knisternde Haut einer Zwiebel, mit zwei raschen Schnitten entfernte sie Strunk und Spitze. »In die Türkei.«

»Und wann?«

Sie nahm ein Holzbrett aus dem Küchenschrank, »wann was?«, legte die Zwiebel darauf und halbierte sie.

»Wann ist die Familie gefahren?«

»Vorgestern.«

»Und Sie?«

»Gestern«, sie schnitt die Zwiebelhälfte in Streifen.

»Warum erst gestern?«

Aus den Streifen wurden kleine Würfel.

»Ich habe noch ein Mal saubergemacht, und dann habe ich den Schlüssel zu den Nachbarn gebracht«, sie schob die Würfel beiseite.

»Und die Familie besteht aus?«, er machte eine Pause.

»Eltern und zwei Jungen«, sie nahm den Sparschäler aus der Schublade, griff nach der ersten Kartoffel.

»Und die heißen«, fragte er.

»Wer?«

»Die Jungen.«

»Leonard und Matthias«, sie antwortete ohne Zögern, als sei sie sich sicher.

»Wie alt?«

»Fast zehn, Matthias etwas jünger«, sie nahm die nächste Kartoffel.

Sie musste die Geschichte vorbereitet haben, er hatte einen Fehler gemacht, er hätte gleich fragen sollen.

»Wie ist Ihr normaler Tagesablauf bei der Familie?«

»Ich steh auf und arbeite und arbeite und arbeite und lege mich schlafen.«

»Sind Sie sozialversichert?«

Das Messer unter der Kartoffelschale wurde langsamer.

»Wie meinen Sie das«, fragte sie vorsichtig, sie sah ihn nicht an.

»Arbeiten Sie schwarz? Illegal?«

»Nein, aber ich arbeite, bis ich schwarz werde«, sie lachte kurz auf, sie log.

»Und wohin ist die Familie gefahren?«

»In die Türkei, das haben Sie schon gefragt.«

»Ja, und jetzt frage ich Sie noch mal.«

Ihre Hände legten die fertig geschälte Kartoffel in den Schalenhaufen auf der Arbeitsplatte, sie stemmte eine Hand in die Hüfte, beschmierte ihr schwarzes T-Shirt mit Erde und Kartoffelstärke.

»Ist das ein Verhör?«

Sie starrte ihn an, es war anstrengend, sich nicht zu rühren, ihren Blick zu erwidern. Sie wandte sich zuerst ab, nahm eine Kartoffel, still war es, er konnte hören, wie der Schäler unter die Schale fuhr, sie ablöste.

»Was kochen Sie denn«, fragte er schließlich.

»Kartoffelsuppe.«

Sie drehte sich nicht um, schälte ruhig weiter, »mit Zwiebeln und getrockneten Pilzen«, sie deutete mit dem Kinn auf ein Tütchen, das auf der Arbeitsplatte lag, »wenn die Pilze noch gut sind.«

»Pommersche Kartoffelsuppe«, er nickte zufrieden, »hat meine Mutter auch gekocht.«

»Wenn ich sie koche, heißt sie polnische Kartoffelsuppe«, sie legte die Kartoffeln ins Spülbecken, verschloss den Abfluss mit dem Stöpsel und drehte den Wasserhahn auf.

Er konnte nicht essen. Seine Hand zitterte, er fühlte Frau Potulskis Blick auf ihr, auf dem vollen Löffel, dickflüssige Kartoffelsuppe tropfte auf die Tischdecke, versickerte langsam in der Wolle, dampfte noch ein wenig. Er traute sich nicht zu pusten, wusste, er würde sich die Zunge verbrennen, er ließ den Löffel zurücksinken in den Suppenteller.

»Schmeckt es?«

»Es tut seinen Dienst«, antwortete er.

»Ihre Haare müssen geschnitten werden«, sagte sie.

Seine Hand fasste augenblicklich nach seinem Kopf, dorthin, wo ihr Blick ruhte, fuhr die borstigen Haare im Nacken entlang, strich sie an den Schläfen nach hinten.

»Ich kann das machen.«

Sie aß einfach weiter. Er ließ die Hand sinken, er ging regelmäßig zum Friseur. Meist auf dem Heimweg vom Fotografieren, wenn er zufällig an einem Laden vorbeikam, er suchte immer die Friseurin aus, die am ältesten aussah, »kürzen«, sagte er einfach, meistens verstanden sie ihn.

»Ich habe oft geschnitten, ich habe gearbeitet als Friseurin, jahrelang«, Jana Potulski lächelte. »Sie essen gar nicht.«

»Nein«, er schüttelte den Kopf, »danke.«

»Sie haben keinen Fernseher«, sie fragte nicht, sie stellte fest, sie hatte sich umgesehen, hatte vermerkt, was da war und was nicht. Sie sah in den Flur.

»Im Wohnzimmer ist auch keiner«, sagte er, pustete tief über den Teller gebeugt, schob den Löffel in den Mund, als sie sich wieder dem Tisch zuwandte. Die Suppe war gut.

»Ich habe nichts, was sich zu stehlen lohnt«, sagte er mit vollem Mund, nickte zufrieden, sie hatte eine Augenbraue hochgezogen. »Keinen Fernseher, keinen Schmuck, kein Bargeld im Haus, keine silbernen Löffel.« Hochgezogen zu einem spitzen Dreieck, sie konnte eine einzelne Braue hochziehen, er konnte das nicht, obwohl er geübt hatte, als Polizeikadett vor dem Spiegel. »Nichts«, er nickte nochmals bekräftigend, er war aufgestanden. Sie sah erstaunt zu ihm auf, die Stirn in Falten geschoben.

Den grünen Samtsessel benutzte er sonst nicht, der Sessel war zu weich. Wenn er die aufgeschlagene Zeitung sinken ließ, konnte er durch den Flur die verschlossene Badezimmertür sehen.

Nachdem sie abgewaschen hatte – »Sie machen nichts, Sie machen, was Sie sonst auch immer machen« –, hatte sie an die Dunkelkammertür geklopft und gefragt, ob er noch etwas brauche. Statt den Berliner Dom zu entwickeln, hatte er im Dunkeln gestanden, sich mit einer Hand auf die Arbeitsplatte aufgestützt und ihr beim Abwaschen zugehört. Dem Schwappen des Wassers gegen die Metallwände der Spüle, dem aufgedrehten Wasserhahn, dem dumpfen Zünden des Gasboilers. Hatte versucht, am Klang zu erkennen, ob es Besteck, Gläser, Teller oder Töpfe waren, die aneinanderstießen. Als es ruhig geworden war, einen stillen, unschlüssigen Moment lang, bevor ihre Schritte auf die Dunkelkammertür zukamen, hatte er hastig eine Entwicklerschale und die Dose mit dem Film aus dem Regal genommen und beides auf die Arbeitsplatte gestellt.

»Nein, ich brauche nichts«, hatte er geantwortet, danke, Frau Potulski, ich brauche gar keine Hilfe, wollte er hinzusetzen. Aber sie sagte »gut, dann gehe ich schlafen«, und er hatte ihren Schritten auf den Dielen gelauscht, erst im Wohnzimmer, dann im Bad. Hatte die Entwicklerschale zurück ins Regal gestellt. Hatte abgewartet, bis sie den Badezimmerschlüssel gedreht hatte, ehe er ins Wohnzimmer ging.

Der obere Rand der Tageszeitung zitterte, je mehr er versuchte, die Hände stillzuhalten, desto stärker. Hinter der Badezimmertür Stille, kein Wasserhahn, keine Klospülung.

Das Geräusch des sich drehenden Schlüssels kam so plötzlich, dass er erschrak. Aus dem Zittern des Zeitungsrands wurde ein Flattern, schnell und papierflach, deutlich vernehmbar am anderen Ende des Flurs, in der Türöffnung des Badezimmers, in der sie ruhig und ohne zu lächeln stand, das T-Shirt hatte sie ausgezogen.

Die Träger drückten in ihre fleischigen Schultern. Darunter, weiß, synthetisch glänzend wie ein Panzer und prall gefüllt, die BH-Schalen. Die schwarze Hose hatte sie anbehalten. Ebenso eine beige Nylonstrumpfhose, die sie so weit hochgezogen hatte, dass ihr bleicher Bauch mittig in zwei Wülste geteilt wurde. Eine beige Nylonstrumpfhose, durch die ihr Bauchnabel aussah wie ein seltsam obszönes Loch, viel obszöner als der weiße Panzer.

Ihre breiten Hände griffen rechts und links an ihre Schultern. Sie klappten den weißen Panzer nach unten.

»Wollen Sie«, fragte Frau Potulski so ruhig, als hätte sie nur vergessen, »einen Tee?« oder »Mittagschlaf machen?« hinten dranzusetzen. Ihre Hände griffen nach hinten, öffneten den BH-Verschluss, ihr Rücken durchgedrückt.

Ihre Brüste waren groß und natürlich zerstört. Zwei Schläuche, nicht eingesunken, sondern gut gefüllt, hingen hinab bis zum Bund der Strumpfhose. Sahen aus, als hätten sie ein spürbares Gewicht. Ihn ekelte es, wenn er sich das Gewicht in seinen Händen vorstellte. Vorsichtig stemmte er sich aus dem Sessel und ging wohl auf sie zu, denn sie kam näher, in der Türöffnung stehend, ihre Arme hingen ruhig herab, helles Licht fiel aus dem Bad hinter ihr in den Flur.

Er würde sie nicht anheben, nur betasten. Die Brustwarzen waren nach unten gerutscht, zeigten zur Erde. Seine Hand sah absurd aus, seine Hand mit den braunen Altersflecken und den Aderschnüren bewegte sich vorwärts, schräg nach oben, an dem Regal mit den Handtüchern vorbei, an der Dose mit den Ohrstäbchen, dem hellblauen Wattepaket. Die Schläuche waren warm, er berührte sie mit den Fingerkuppen, strich hinab, aber als er die Augen schloss, fühlten sie sich richtig an. Blitzschnell und aus der Tiefe: richtig.

Er spürte, dass Frau Potulski ihm ihre Hände auf die Schultern legte, schwere Hände, sie rochen nach der Kamillenhandcreme und streichelten beruhigend. Störten ihn.

»Hast du Kinder«, fragte er, ohne nachzudenken. Seine Stimme fremd, er machte die Augen auf: das weiße Regal wie immer, die Ohrstäbchendose wie immer, die Schläuche fremd. Er zog die Hand zurück, oder sie die Schläuche.

»Nein«, sagte sie, »keine Kinder, nicht verheiratet. Wann soll ich Sie morgen wecken?«

Schlafen konnte er nicht. Er lag im Dunklen, ab und an ein Auto auf der Straße, und einmal grölte ein Betrunkener. Aus dem Wohnzimmer nichts. Kein Atmen, kein Schnarchen, keine vorsichtigen Schritte, kein Innehalten, kein gedämpftes Türöffnen, kein Geflüster, nichts. Irgendwann stand er auf, ging barfuß zur Tür und drehte den Schlüssel, drehte leise und langsam, damit sie nichts merkte.

4.

Seine Nase war verstopft, als er aufwachte, sein Rachen gereizt vom Schnarchen, er tastete nach den Taschentüchern auf dem Nachtschrank. Doch da war etwas Plastikglattes, seine Hand stieß dagegen, etwas Plastikglattes, das klappernd auf die Dielen fiel. Er setzte sich auf, vor dem Bett lag die rote Dose, daneben seine Zähne. Die Dose gehörte nicht auf den Nachtschrank, sie gehörte auf den Waschbeckenrand im Bad. Frau Potulski, richtig, Jana Potulski musste heute gehen. Er fand die Taschentücher, vielleicht hatte sie das Klappern gehört, leise schnäuzte er sich die Nase. Sein Pyjama war nass am Rücken, durchgeschwitzt im Schlaf, das Laken ebenso, der Schweiß an der Luft erkaltet. Er streckte sich wieder im Bett aus, wickelte sich ein in klamme Feuchtigkeit, sein Bademantel hing im Bad.

Er blieb liegen, sie war wach, er hörte die Klospülung, der Boiler zündete, er hörte die Dusche, die Dusche klang nach Regen auf einem Plastikdach. Klang ungewohnt, klang ganz anders, als wenn er selbst duschte. Er kannte die Geräusche seiner Nachbarn, ihr Wasserrauschen, das Gluckern und Platschen im Fallrohr. So höre ich mich an, dachte er, jeden Morgen höre ich mich an wie Regen auf einem Plastikdach.

Er blieb liegen, sie duschte lange, warmes Wasser gab es in Polen anscheinend umsonst. Er blieb liegen, sie ging in die Küche, sicher hatte sie das Fenster nicht geöffnet, und das Badezimmer war gefüllt mit warmfeuchter Duschluft, nach Seife und Toilettengang riechend.

Er hörte ein Geräusch an der Tür, die Klinke bewegte sich, runter, hoch, wieder runter, die Tür bewegte sich nicht. Einen Augenblick war es still im Flur, er meinte ein leises Klirren zu hören, es klopfte. Frau Potulski klopfte an seine Tür, die Tür war abgeschlossen, er hatte sich eingeschlossen, es fiel ihm wieder ein. Er stand auf, in seinem Pyjama, knochig, dessen war er sich sehr bewusst, knochig drückte er die Klinke, drehte er den Schlüssel, er konnte in seiner Wohnung abschließen, was er wollte, knochig stand er in der Tür, Frau Potulski lächelte.

»Guten Morgen«, sie trug ein hellblaues Tablett, nein kein Tablett, sie trug eine große, flache Entwicklerschale vor sich her. »Sie trinken Tee, keinen Kaffee«, sie zeigte mit dem Kinn in Richtung der Teekanne. Neben der Teekanne lagen Messer und Gabel in eine weiße Serviette gewickelt, standen ein Eierbecher mit Ei, ein Dessertschälchen mit hellroter Marmelade, ein Teller mit vier Scheiben Graubrot, ein Teller mit zwei aufgerollten Käsescheiben und zwei aufgerollten Kochschinkenscheiben, dazwischen helle Buttervierecke.

»Die Zeitung liegt vor der Haustür auf dem Boden«, erwiderte er. Die Entwicklerschalen standen gestapelt im Regal in der Dunkelkammer, er hatte vor dem Schlafengehen vergessen, sie wieder abzuschließen.

In der Zeitung keine Nachrichten aus Rheinsberg, nicht auf den Brandenburg-Seiten und nicht im Polizeiticker. Sein Bademantel hing im Bad, er schlug die Decke zurück, es brannte von der Hüfte über die Innenschenkel hinab bis zu den Zehen, als er sich aufsetzte. »Ischias«, sagte er leise vor sich hin. Er schob das Tablett mit beiden Händen in Richtung Fußende, die Teekanne blieb stehen, schwankte nur, dafür verklebte ein Marmeladenfleck zwei Lakenfalten miteinander, und in der Kuhle, die sein Rücken in die Matratze gedrückt hatte, sammelten sich Graubrotkrümel. Es gab kein Bild für heute, er schob die Zehen in seine Pantoffeln, weinrote Pantoffeln, noch von ihr gekauft und von der Hornhaut seiner Fersen durchgescheuert. Nichts war festgelegt. Nicht, wohin er fahren würde, nicht, was er sehen wollte, nicht, wo er das Stativ hinstellen würde, und nicht, wie das Licht sein sollte. Nichts hatte er beschlossen, nicht vor dem Einschlafen, im Bett, als das Kopfkissen angefangen hatte, sich klumpig anzufühlen, und nicht nach dem Aufwachen, als Jana Potulski im Bad gewesen war.

Er sah ihre Finger wieder die Goldränder des Tellerstapels hinabfahren, sie würde alle Schubladen öffnen und alles gründlich aus- und einräumen, vielleicht dazwischen irgendwas abwischen, damit es recht war. Sie würde in die Schränke hineinsehen, in die schwarzen Kartonschuber, in den Sekretär, in seine Wäschekommode, in den Nachtschrank. Er konnte nicht fahren.

Frau Potulski hatte auf ihn gewartet. Als er die Badezimmertür öffnete, deutete sie mit dem Finger auf den grau gekachelten Boden hinter ihm.

»Silberfische.«

Er fühlte, wie die warmfeuchte Luft an ihm vorbei in den Flur entwich, er hielt den Atem an.

»Sie müssen Fallen kaufen«, sagte sie, »viereckige Fallen für die Ecken.«

Eine hellgrüne Zahnbürste lag auf dem Waschbeckenrand, sie war recht neu, die Bürsten gerade, er stellte sie neben seine in den Zahnputzbecher.

Das Badezimmerfenster war beschlagen, es ließ sich nicht kippen, er öffnete es weit. Winterluft fuhr in seine Pyjamaärmel, in den Kragen, über sein Gesicht, roch schal nach Kohleofen und Schnee, eine Gänsehaut wanderte unter seinen Haaren hindurch in den Nacken und weiter den Rücken hinab.

Auf der Straße schabte ein Mann mit einem Eiskratzer Schnee von seinem Auto, das Plastik erzeugte schmerzhaft hohe Töne auf dem Glas. Die Bewegungen des Mannes wurden schneller, den Mantel hatte er nicht zugeknöpft, Schnee sammelte sich in den braunen Falten seines Anzugs. Als der Mann es bemerkte, warf er den Schaber weg, klopfte die Falten aus und schrie laut »Scheiße«.

Er schloss das Fenster, der Boden der Dusche war nass, das Bad roch noch leicht nach Zitrone. Er stellte sich unter den Duschkopf, bevor er das Wasser aufdrehte, »jeder Tropfen kostet«, sagte Mutter in seinem Kopf, er biss die Zähne zusammen. Es gab kein Bild für heute, er sah zu Boden, drehte langsam den Hahn auf, wartete. Er konnte nicht fahren. Die plötzliche Kälte presste einen Laut aus ihm heraus, hell und keuchend. Ruckartig sogen seine Lungenflügel Luft ein, stießen aus, sogen ein. Die Wärme kam langsam, er legte den Kopf in den Nacken, Wasser floss über sein Gesicht. Er könnte die Lampe im Flur säubern, das Schalental ausfegen, die Insektenschatten wegwischen. Die Seife war trocken, Frau Potulski hatte sie nicht benutzt. Er könnte die Leiter holen, die Glasschale abschrauben, sie zum Mülleimer tragen, nein. Er wusch seine Haare, auch wenn nicht Samstag war, die Seife brannte in seinen Augen. Er könnte eine Plastiktüte mitnehmen, sie in die Tasche seiner Cordhose stecken, die Plastiktüte über das Schalental ziehen, alles ausschütten und mit einem feuchten Lappen die Reste aufnehmen.

Er brüllte auf. Brüllte, denn der Wasserstrahl, der die Seife zwischen den Schulterblättern wegspülte, wurde kalt, plötzlich kalt, die letzten warmen Tropfen rannen noch über seinen Steiß. Er sprang nach vorne, sein Knie schlug dumpf gegen die Kacheln. »Frau Potulski« – das warme Wasser – »Frau Potulski.« Sie musste in der Küche das warme Wasser aufgedreht haben. »Frau Potulski« prallte gegen die nassen Kacheln und zurück in die Dusche und wurde unter Tropfen begraben. Er tastete nach dem Duschkopf, wollte ihn aus der Halterung ziehen, auf die Wand richten, das Wasser wurde wärmer. Die Seife war ihm aus der Hand gefallen, sie lag auf dem Abfluss.

Frau Potulski streckte ihm eine Kehrschaufel entgegen, als er aus dem Bad kam, die Kehrschaufel gefüllt mit Staubflusen.

»Das war nur unter dem Sofa.«

Er antwortete nicht, sah nur auf die Schaufel hinab, wolliggrau, mit Krümeln dazwischen. Verwahrlost, er konnte sich genau an den Moment erinnern, an dem ihm klargeworden war, das es das war, was mit ihm geschehen würde, wenn er nicht achtgab.

Er konnte sich an die glänzenden, eiweißfarbenen Warmhalteschalen vom Imbiss erinnern, die er auf dem Couchtisch zu einem Turm gestapelt hatte. An die Mineralwasserflaschen, neun waren es, die er neben der Armlehne der Couch zu einem ordentlichen Quadrat zusammengestellt hatte. Eine nach der anderen hatte er aus dem Vorratsraum neben der Terrassentür geholt. Als der Kasten leer war, hatte er sie mit Leitungswasser aus dem Gästebad aufgefüllt. Er nahm nie die gleiche Flasche zweimal, erst benutzte er reihum die Außenseiten des Quadrates, dann die in der Mitte. Die Flasche in der Mitte war ihm aus unerfindlichen Gründen am liebsten gewesen.

Abends hatte er ferngesehen mit den Füßen auf ihrem Couchtisch, die Fersen auf der Fernsehzeitung. Aneurysma, Aussackung, es juckte unter der Schädeldecke, wenn er die Worte dachte, Aneurysma, Aussackung. In die Küche war er nur noch gegangen, um sich vor dem Dienst Kaffee zu kochen. Er wartete neben der Maschine, sah in den Garten hinaus, bis er durchgelaufen war. Die Tassen in der Spüle, die aus den

Tagen stammten, an denen es noch Milch gegeben hatte, wurden allmählich von einer pulvrig orangen Schimmelschicht überzogen. Die neueren, aus denen er den Kaffee schwarz getrunken hatte, verfärbten sich erst modrig grün und trockneten dann aus.

Er kniff die Lider zusammen, es war sehr hell.

»Wo sind die Vorhänge?«

»In der Schmutzwäschetruhe«, antwortete sie, schon auf dem Weg in die Küche. Er ging ins Schlafzimmer, sich anziehen, sein Frühstücksgeschirr hatte sie abgeholt, das Bett gemacht, das Fenster geöffnet.

Die Leiter war schwerer als in seiner Erinnerung. Es war auch höher, er musste hinauf bis auf die letzte Sprosse, und zwischen der letzten Sprosse und dem Schalental verblieb viel Luft. Mit den Händen zog er sich, die Sprossen fest umklammernd, mit den Füßen stieß er sich vom Boden ab. An einen Käfer, der tastend einen Grashalm hinaufkletterte, musste er denken, die Leiter kippelte bei jedem Zug, von einer Seite auf die andere. Er sah hinab auf die Dielen, gestern war ihm schwarz geworden, die Dielen sahen hart aus, hart und uneben. Er war ohnmächtig geworden auf dem Bahnsteig, die Leiter kippelte, von einer Seite auf die andere. Das Schalental kam langsam näher, mit den Händen zog er sich, mit den Füßen stieß er sich ab, bis es keine Sprossen mehr gab, um sich zu ziehen, und nichts da, um sich festzuhalten.

Vorsichtig drehte er das Glas in seinem Gewinde, als er fühlte, dass es lockerer wurde, fasste er mit beiden Händen zu, drehte langsamer, bis er die Schale in den

Fingern hielt. Sie waren hellbraun und gleichzeitig grau, und es war viel Pulver aus ihnen geworden, und der Rest, Beine, Flügel, Panzer, Köpfe, war sehr leicht. Er musste sie abstellen, um die Tüte aus der Hosentasche zu ziehen, vorsichtig abstellen, nicht hineinatmen, nicht schräg halten, sie abstellen, oben auf der Leiter, er tastete mit dem Fuß nach unten, er wollte hinab, eine Sprosse weiter runter, dann könnte er das Glas abstellen, die Plastiktüte aus der Tasche ziehen – sie stieben auf. Wirbelten, kreisten anmutig, einzelne Flügel, graubraune weißgeäderte Blütenblätter, ekelerregend leicht, eine sich ausdehnende braunpudrige Wolke. »Nicht einatmen«, dachte er, »nicht einatmen.«

5.

Er berührte mit den Fingern die Rücken von *Meyers Konversationslexikon*, er berührte jeden einzelnen Band, danach die gesammelten Werke von Goethe, Schiller und Shakespeare. Er hatte nur wenige Bücher behalten, noch zwei oder drei Reiseführer und ebenso viele Bildbände. Das Bücherregal hatte sie schon gewischt, die Bretter waren fettigsauber und rochen nach Möbelpolitur. Seine Finger stoppten beim *Faust*, zogen ihn ein Stück hervor, stießen ihn zurück, *Faust* hinterließ eine Staubspur. Der Staub fühlte sich rau an, er fuhr mit den Fingerkuppen das Regalbrett entlang, zog vier Streifen in die glänzende Oberfläche. Schließlich nahm er einen der Bildbände heraus. Der Bildband war recht neu, *REDUZIERT: 4,90!*, klebte noch immer rot auf dem Einband. »Pommern – die unvergessene Heimat in 216 historischen Großfotografien« stand quer über dem schwarz-weißen Rathaus von Kolberg. Er hatte den Bildband gekauft und zu den anderen ins Regal gestellt, angesehen hatte er ihn nicht.

Er setzte sich in den grünen Sessel, sie war fertig mit den Fenstern, zog einen der oberen Pappschuber auf.

»Nicht die Schuber«, sagte er, »die müssen nicht saubergemacht werden.«

»Es ist Staub drin, sehen Sie?«, sie hielt eine Fluse zwischen den Fingerspitzen.

»Frau Potulski, Sie können wischen, was Sie wollen, aber nicht die Schuber«, wiederholte er, »ich meine es ernst.«

»Jana bitte, nicht Frau Potulski«, sie schob die Schublade wieder zurück, öffnete das Sideboard.

Wenn sie der Familie was angetan hatte, würde es dauern, bis es jemand bemerkte. Er überschlug das Vorwort, blätterte bis zum Bildteil, alle Aufnahmen waren schwarz-weiß. Niemand würde sie vermissen, sie waren im Urlaub.

»Wer gießt die Blumen«, fragte er.

Ihre Hände hielten inne, sie sah auf, »welche Blumen?«

Er blätterte weiter, er suchte die Hakenterrasse. Nach spätestens drei Tagen müsste man es riechen, es sei denn, sie hatte sie luftdicht verpackt oder im Keller versteckt oder vergraben, nein, zum Vergraben hätte die Zeit nicht gereicht. Die Hakenterrasse war von schräg oben aufgenommen.

»Kümmert sich jemand um die Post?«

Sie sah ihn stumm an, wie vorhin im Flur, als sie die Flügel und das andere Zeug mit dem Feudel aufgewischt hatte. Er hob das Buch ein wenig höher, damit sie den Titel lesen konnte. Frau Potulski goss schweigend Politur auf das Staubtuch, er hielt den Bildband aufrechter, stützte ihn auf seine Knie, sie räumte Salz und Pfefferstreuer vom Sideboard, die goldene Weltuhr, die er nicht mehr aufzog, und wischte eine Schneise in den Staub.

Die Hakenterrasse war im Sommer aufgenommen worden, die Palmenkübel standen draußen, im Winter waren sie im Gewächshaus. Seine Mutter hatte ihm erklärt, dass es Palmen waren, er hatte ihr zuerst nicht geglaubt. Palmen kannte er aus der *Schatzinsel* und *Robinson Crusoe*, Palmen waren fremdartig und schön. Die Palmen auf der Hakenterrasse waren kleiner gewesen als Mutter und die einzelnen Wedel ineinander verheddert und manche abgeknickt. Der Wind zerrte an ihnen, und alles in allem sahen sie mickrig aus. Er klappte den Bildband wieder zu, laut zu, er wollte, dass sie aufblickte. Sie blickte nicht auf, Frau Potulski wischte weiter Staub.

Er könnte sie fotografieren.

In Schwarz-Weiß. Farbe ging nicht, das quittengelbe Haar. Er könnte sie so hinstellen wie die Frau auf dem Foto, das eines Morgens zuoberst in der Altpapiertonne gelegen hatte. Inmitten alter Rechnungen und Zeitungen, die obere Hälfte verdeckt von der Mahnung einer Telefongesellschaft. Er hatte nackte Beine sehen können, und Pobacken, feiste, bleiche Pobacken, leicht auseinanderklaffend. Er hatte die Mahnung beiseitegeschoben, hatte es in die Hand genommen, auf die Vorderseite gefasst, das tat er sonst nicht. Es war schlecht fotografiert, schlecht ausgeleuchtet, weiße Lichtreflexe auf den prallen Hinterbacken, die Ritze dunkel, entzündete rote Punkte rundherum. Das rechte Knie hatte sie auf die Sitzfläche eines Stuhls gelegt, den Oberkörper vorgebeugt, die Unterarme auf der Stuhllehne verschränkt. Sie sah sich nach dem Fotografen um, die Zunge seitlich rausgestreckt, die Augen leicht verdreht, ein derbes, feistes Gesicht, ein Gesicht, mit dem man alles tun konnte, ohne dass es einem leidtat. Er kannte es nicht, es war keine seiner Nachbarinnen, hatte das Bild zurück in den Altpapierbehälter getan. Hatte sich umgesehen, der Hinterhof leer, hinter den dunklen Fensterscheiben niemand, hatte es trotzdem dort gelassen, seine alten Zeitungen in den Behälter gelegt, sorgsam achtgebend, dass sie das Bild verdeckten.

Jana Potulskis Hintern war flach, ihre Hose schlug schräge Falten, die in der Poritze verschwanden. Sie hatte aufgehört zu wischen, stand vor dem Sideboard und rührte sich nicht. Eine Hand aufgestützt, die andere, die das Staubtuch hielt, lag reglos da, wie vergessen. Sie trug wieder ein Herren-T-Shirt, ein weißes, es war ein wenig zu eng, er konnte sehen, wie ihr BH in weiches Fleisch drückte.

»Sehen Sie«, Frau Potulski drehte sich zu ihm um, lehnte sich mit dem Rücken gegen das Sideboard, »sehen Sie«, sie sah hinab auf das Staubtuch, »meine Mutter«, sie sah zum Fenster, ihr Profil war flach, Stirn und Nase beinahe eine Linie, die Nase vielleicht gebrochen und schlecht verwachsen, »meine Mutter«, wiederholte sie, »ist auf einem Lastwagen nach Poznań gekommen.«

Im Panzer vielleicht, weiß glänzend und gut gefüllt, die Arme erhoben, die Achseltäler dunkel, die Hände verschränkt hinter hellen Haaren mit schwarzem Streifen am Scheitel.

»Auf der Ladefläche eines Lastwagens, mit mir im Bauch.«

Der Bauch, vom Bund der Strumpfhose geteilt in zwei Wülste, das Bauchnabelloch im unteren Wulst.

»Drei Tage sind sie gefahren, von Hrodna nach Poznań. Die russischen Soldaten haben gesagt, nichts mitnehmen, alles sei dort.«

Die Schläuche ohne Panzer, die verrutschten Brustwarzen, das sich durch die Haut abzeichnende Flussnetz der Adern.

»Meine Mutter wollte in Hrodna bleiben, auf ihre Eltern warten, in der Ulica Długa 29, in dem Haus, in dem sie geboren wurde«, sie legte das Staubtuch neben sich auf das Sideboard, »aber die Russen haben gesagt, sofort.«

Ihr Gesicht, die schmalen Augen, die schwarz verklumpten Wimpern.

»Später, als man fahren durfte, hat sie die Ferien in Hrodna verbracht.«

Der breite Mund, den sie zusammenpresste, während sie auf ihn hinabsah, auf ihn in seinem dunkelgrünen Sessel hinabsah. So zusammenpresste, dass die gebogenen Linien, die von den Nasenflügeln zu den Mundwinkeln führten, scharf hervortraten, wie bei einem Äffchen.

»Meine Mutter wollte nicht nach Poznań, sie musste, verstehen Sie?«

Sie wartete. Sah ihn an und wartete, ihre Stirn in Falten geschoben. Er verschränkte die Arme.

»Ich werde Sie fotografieren«, sagte er.

Frau Potulski sah ihn an, rührte sich nicht, verstand nicht. Er stemmte sich mit beiden Händen aus dem Sessel.

»Ich kann nichts anderes fotografieren, Ihretwegen, ich werde Sie fotografieren«, erläuterte er geduldig. Ihre

Schultern sackten nach vorn, als hätte er ihr einen spitzen Finger in den Bauch gestoßen. Sie lachte oder schnaubte, es war nicht zu unterscheiden.

»Nicht mal zugehört«, sagte sie, stieß sich vom Sideboard ab.

»Sie müssen verstehen, Frau Potulski, Ihretwegen kann ich nicht fahren.«

Sie schüttelte nur den Kopf, ging an ihm vorbei, in den Flur.

»Frau Potulski«, sagte er, sagte es laut, sie ging in die Küche, »Frau Potulski, seien Sie nicht undankbar.«

Sie stand vor der Dunkelkammer, mit dem Rücken zur Tür, drehte sich nicht um, als er hereinkam.

»Ich werde es niemandem zeigen.« Er hob die Hände, streckte sie ein wenig aus, hatte sie auf ihre Schultern legen wollen, begütigend auf ihre hängenden Schultern legen wollen.

»Nein«, sagte sie. »Sie haben nicht mal zugehört«, sagte sie.

»Ich habe Ihnen den Bus bezahlt, Ihnen zu essen gegeben, Sie auf dem Sofa schlafen lassen. Sie haben meinen Strom verbraucht, mein warmes Wasser«, zählte er auf.

»Ich bin Ihnen dankbar. Nur …«

»Nur nicht dankbar genug, dass es für ein Bild reicht.«

Er verschränkte die Arme, wartete. Sie sah hinab auf ihre Handflächen, hatte sie aneinandergerieben, kleine schwarze Würste aus Staub, Schweiß, Möbelpolitur sammelten sich in der Mitte, sie drehte den Wasserhahn auf, wusch ihre Hände, nahm Spülmittel statt Seife, trocknete sie an ihren Hosenbeinen, er wartete.

»Sie werden mich nicht fotografieren«, sagte sie schließlich, ihre Stimme fest, das breite Gesicht ruhig verschlossen.

»Gut«, er nickte, »gut. Dann werden Sie jetzt gehen.«

»Dann werde ich jetzt gehen«, sie zuckte mit den Achseln, ging an ihm vorbei, ging ins Wohnzimmer, er blieb dicht hinter ihr.

»Sie können doch nirgendwohin«, sagte er, »seien Sie nicht albern«, sagte er.

Sie ging zum Sofa, nahm den Henkel der blauen Tasche, öffnete sie, sah kurz hinein.

»Die Zahnbürste ist im Bad«, sie wollte an ihm vorbei, er griff nach ihr.

Umschloss ihren Oberarm mit der Hand, drückte zu, drückte, so fest er konnte, helles Fleisch quoll zwischen seinen Fingern hervor.

»Kommen Sie«, sagte er und »ich rufe die Polizei.«

Er konnte fühlen, wie der Muskel unter dem weichen Fleisch hart wurde, mühelos entwand sie ihm den Arm.

»Weswegen denn?«

Er zögerte. Breitbeinig stand sie da, das Kinn hochgereckt, sah nicht weg, erwiderte stumm seinen Blick, ihr Mund ruhig verschlossen, Wimperntuscheklumpen auf den Tränensäcken. Schließlich ließ sie die blaue Tasche wieder auf die Dielen sinken.

»Die Brühe ist alle, wir brauchen neue.«

»Wofür brauchen wir Brühe?«

»Zum Kochen«, sie verdrehte die Augen.

»Mittwochs gehe ich nie einkaufen, nur dienstags und freitags.«

»Ich kann allein gehen.«

»Und wie wollen Sie bezahlen?

»Sie könnten mir Geld geben.«

»Nein«, sagte er, »nein.«

6.

Sie ging schnell, rammte bei jedem Schritt die Hacken der Turnschuhe in den Boden. Braune Streusandstreifen verliefen quer über den Gehweg, waren ebenso glattgetreten wie der Schnee. Er wollte neben ihr bleiben, seine Sohlen rutschten, nicht zurückfallen, seine Beine waren steif, die Muskulatur kalt und hart. Unvermittelt blieb sie stehen, die Luft brannte in seinem Rachen. Ein Fahrrad lag quer über dem Bürgersteig, das Vorderrad an einen Laternenpfahl angekettet, das Hinterrad eine Welle, der Fahrradschlauch zur Hälfte von der Felge gerutscht. Der Schnee auf dem Sattel uringelb verfärbt. Er stieß den Lenker mit dem Fuß an, vorsichtig zuerst. Der Lenker schwang zur Seite, zog eine Furche in den Schnee. Er stieß kräftiger zu, das Fahrrad rutschte wenige Zentimeter, schob Schnee vor sich her, er stieß es noch mal, Metall schleifte über Pflastersteine, ihm wurde warm. Er nahm einen Schritt Anlauf, trat gegen den Rahmen, Schmerz in den Zehen, er trat gegen den Sattel, trat noch einmal und noch einmal, bis er das Fahrrad scheppernd beiseitegeschoben hatte, bis das Rücklicht rot zersplittert auf dem Schnee, auf den freigelegten Pflastersteinen lag.

»So«, sagte er.

Frau Potulski hatte ihm zugesehen, Frau Potulski schritt wortlos an ihm vorbei, er blieb dicht hinter ihr. Ihre Haare und Jacke waren beigeschmutzigorange, im Farbton nur um Nuancen verschieden. Die Haare endeten knapp über dem Kragen, die Schnittkante gerade und dick, bewegte sich nicht, wippte nicht. Sie ging zügig vor ihm her, als wisse sie, wohin. Die Haarspitzen sahen aus wie eine Bürste, er streckte eine Hand aus, beschleunigte seine Schritte, strich mit der Handfläche die Schnittkante entlang, die Haarspitzen waren weich, kitzelten ihn. Sie zuckte weg, als sei seine Hand ein Insekt, eine Wespe, Fliege, lästig, drehte sich um, presste Lippen, Stirnfalten, die Augen wurden schmaler, als sie sah, was es war. »Lassen Sie das.«

Er blieb stehen.

»Dort gehe ich einkaufen«, er zeigte auf den Edeka-Markt auf der anderen Straßenseite.

Sie steuerte auf den Kantstein zu, auf eine Lücke zwischen den geparkten Autos, die Straße war frei, er griff nach ihrem Jackenärmel. »Da vorne ist die Ampel«, sagte er, »dort gehen wir rüber.«

Sie sah hinab, auf seine Hand, einen Augenblick lang schien sie zu überlegen, ob sie den Arm hochreißen, ob sie widersprechen, ob sie weitergehen sollte, doch dann nickte sie, ging ruhig neben ihm her zur Ampel.

Sie interessierte sich natürlich für die Sonderangebote, die in der Gangmitte standen, nahm eine hellgelbe Plastikflasche aus einem der Stapel, las laut »Waffelteig« vor, drehte sich zu ihm um, »aus der Flasche«, sagte sie erstaunt.

Er nahm den Waffelteig aus ihrer Hand, stellte ihn zurück, vorsichtig, damit die sauberen gelben Reihen nicht umstürzten.

»Lass das«, sagte er.

»Lassen Sie das, Jana«, Frau Potulski griff nach der Stange des Einkaufwagens, wollte ihn weiterschieben. Er war schneller, »ich nehme den.« Eine Frau drehte sich um, musterte erst ihn, dann Frau Potulski, blickte wieder ihn an und schüttelte den Kopf.

»Brühe und was noch«, fragte er.

»Kartoffeln«, begann sie. »Butter, Brot, Käse, etwas zu trinken.«

»Ich trinke nur Tee.«

»Ich nicht.«

»Sie können Leitungswasser trinken.«

»Nein«, unvermittelt blieb sie stehen und verschränkte die Arme.

»Die Brühe steht neben dem Kühlregal.« Er schob den Wagen in die Richtung, sie folgte ihm nicht.

Frau Potulski wartete am Obststand, in jeder Hand einen grünen Saftkarton, legte beide in den Wagen.

»Das ist reines Zuckerwasser«, entgegnete er.

Sie blieb stumm, nahm ein Plastiknetz mit Mandarinen und legte es daneben.

Den Saft ließ er im Wagen, die Kassiererin deutete auf ein Schild über der Kasse. *Bitte legen Sie alle Waren auf das Band*, stand dort.

Er wandte sich um. »Sie wollten den Saft«, sagte er.

Frau Potulski verdrehte die Augen, griff an ihm vorbei, nahm die Saftpakete aus dem Wagen, reichte sie der Kassiererin.

»Die tragen Sie nach Hause«, sagte er.

»Gut«, antwortete sie, die Kassiererin lächelte ihr zu.

Er zahlte in bar, die Karten benutzte er nie, schirmte sein Portemonnaie mit einer Hand vor den Blicken ab, als er es öffnete. Er sah sich suchend um, ob er etwas vergessen hatte.

»Den Apfelsaft hat Ihre Pflegerin schon mitgenommen«, die Kassiererin machte eine Kopfbewegung in Richtung Frau Potulski, die an den Einpacktisch gelehnt stand.

»Das ist nicht meine Pflegerin«, antwortete er, »das ist meine Frau.«

»Was genau soll ich denn getan haben«, fragte sie beim Abendessen, die Ellbogen auf den Tisch gestützt, die Hände über dem Teller gefaltet, Dampf sammelte sich unter ihnen. Ihr Besteck lag unberührt neben dem Tellerrand.

»Ich weiß es nicht, sagen Sie es mir«, antwortete er, schob sich eine Gabel mit Kartoffelpüree und Erbsen in den Mund, das Kartoffelpüree war gut.

Nach dem Essen entwickelte er den Berliner Dom in seiner grauen Wuchtigkeit, ein paar Touristen vor dem Portal zusammengedrängt. Als er fertig war, nahm er die Regenfotos von der Leine, eigentlich hätte er einen Bleistift suchen müssen. Er hatte sich angewöhnt, das Datum der Aufnahme auf der Rückseite zu notieren. Stattdessen schob er die Regenfotos hastig zu einem Stapel zusammen, scherte sich nicht um Kratzer. Frau Potulski musste im Wohnzimmer sein. Nachdem er den Dom zum Trocknen aufgehängt und die Flaschen zurück ins Regal gestellt hatte, als die Entwicklerschale ausgewaschen abtropfte und das Papier wieder zu einem akkuraten Stapel geschichtet war, ging er nach ihr sehen.

Er hörte ihre Stimme bereits im Flur, sie war im Wohnzimmer, saß auf dem Sofa und telefonierte. Sie sprach polnisch, hielt sich mit den Fingern das freie Ohr zu, wandte den Kopf ab, als er fragte, mit wem sie spreche.

»Frau Potulski«, sie ignorierte ihn, »Frau Potulski«, wiederholte er, lauter, ihre Stimme wurde weich, als würde sie sich verabschieden. Er ging auf den Telefontisch zu, wollte die schwarze Taste drücken, wollte auflegen, sie kam ihm zuvor. Er stellte sich dicht vor sie, auf dem Sofa sitzend reichte sie ihm knapp bis zur Hüfte. »Mit wem haben Sie gesprochen?«

»Meine Schwester. Sie hat den Pass geholt, morgen bringt sie ihn zur Post, spätestens Montag wird er hier sein.« Sie stand auf, stand so dicht vor ihm, dass ihr Bauch fast den seinen berührte, er sah hinab. »Ich gehe schlafen«, sagte sie.

Er wartete lange an diesem Abend. Wartete im Flur, wartete auf das Drehen des Schlüssels, eine Hand an die Badezimmertür gelegt, Lackbläschen unter den Fingerkuppen. Wartete auf das metallische Schnappen des Schlosses, die andere Hand in die Hosentasche geschoben.

Den BH hatte sie schon ausgezogen. Sie wich nach hinten, als er versuchte, ihre Wange zu berühren. Seine Hand hing kurz in der Luft zwischen ihnen, er ließ sie auf die Schläuche hinabsinken. Die Hände glitten abwärts, Weiches unter den Fingerkuppen, er meinte zu fühlen, dass etwas geschah. Sicher war er nicht. Ein Sichausdehnen. Ein warmes Sichausdehnen. Er konnte den Stoff seiner Unterhose fühlen, Feinripp, auf einmal fühlte er ihn, stieß dagegen, Feinripp, nur ein wenig, aber sicher war er nicht.

»Ssscht!«

Ssssss so scharf, dass er es als Kribbeln in den Fingerspitzen fühlen konnte, so dass seine Fingerspitzen innehielten, unschlüssig, auf dem rauen Strumpfhosenbündchen.

»Ssscht.«

Aufwärts. Seine Fingerspitzen bewegten sich aufwärts, stießen gegen Brustwarzen, strichen die kleine Wölbung die Schläuche hinauf, ohne zu verlangsamen, und kamen erst weit oben, knapp unter ihrem Schlüsselbein, zur Ruhe. Vorsichtig legte er die Handflächen ab. Sie mussten kalt sein. Ihr Herz schlug ruhig unter seiner rechten Handfläche, nicht schnell, nein, ruhig.

»Ich glaube, das reicht für heute«, sagte sie.

Er lehnte mit dem Rücken am Holz der Schlafzimmertür, seine rechte Hand tastete nach dem Schlüssel. Nein, er würde nicht abschließen, sich verbarrikadieren, als hätte er Angst. Er stieß sich ab, betrachtete die Tür, sie öffnete und schloss lautlos, er hatte die Angeln geölt, vor kurzem erst, einerlei, er hatte keine Angst vor ihr.

Den Kulturbeutel tat er auf die Sitzfläche des Stuhls, über den er immer seine Kleidungsstücke legte, die er am Morgen wieder anziehen würde. Den Bademantel hängte er über die Lehne.

Mit dem Lastwagen gefahren. Er schlug die Decke zurück. Die Marmelade war hellrot, verklebt mit grauen Stofffasern, der Fleck vom Frühstück mittig auf dem weißen Laken. Sie hatte die Wäsche nicht abgezogen, hatte die Krümel entfernt, das Laken geglättet, die Decke auf den Fleck gelegt, aber nicht die Wäsche abgezogen. Er setzte sich auf die Bettkante, stieß die Pantoffeln von seinen Füßen, gab acht, den Fleck nicht zu berühren, als er sich zurücklehnte. Der Fleck befand sich auf Höhe seines linken Ellbogens. Sie hätte das Bett frisch beziehen müssen, war zu faul gewesen. Mit dem Lastwagen gefahren. Das »Ssscht!« begann erneut in seinen Fingerspitzen zu kribbeln. Mit dem Lastwagen ins gemachte Nest gefahren. Seine Hand strich über das Laken, ertastete den Fleck, rau und gleichzeitig klebrig. »Ssscht!«, seine Fingerspitzen kribbelten, er hätte nicht aufhören sollen. Die Hände einfach nach unten gleiten lassen sollen, den Bauch hinab, die Strumpfhose hinab, dorthin, wo es warm war. Er fühlte wieder den harten Muskel ihres Oberarms unter dem hervorquellenden Fleisch. Er könnte zu ihr gehen. In sein Wohnzimmer. Sich neben sie legen auf die schmale Couch.

Es war dunkel im Flur, die Wohnzimmertür geschlossen, eine schmale Linie Licht fiel durch den Spalt zwischen Tür und Schwelle. Er zögerte, die Hand erhoben, unsicher, ob er anklopfen oder die Klinke hinabdrücken sollte. Es war seine Wohnung.

»Frau Potulski«, er öffnete die Tür.

Das Deckenlicht brannte, ebenso die Stehlampe, die Decke hatte sie auf der Sitzfläche des Sofas ausgebreitet, das Kopfkissen lag noch auf der Lehne. Jana Potulski kniete auf dem Boden vor dem Sofa, ihre Hände lagen gefaltet auf dem Polster, den Kopf hielt sie gesenkt, die Augen geschlossen.

Lautlos und schnell bewegten sich ihre Lippen, formten unablässig Worte. Sie sah nicht auf, musste ihn gehört haben, ihre Lippen hielten nicht inne, ihre Augenlider zuckten nicht.

Sie trug noch immer das weiße T-Shirt. Ihr Kinn berührte fast den Halsausschnitt, ihre Beine verdeckte das Sofa. Er trat einen Schritt vor, die Diele knarrte unter seinen Pantoffeln, Jana Potulski rührte sich nicht. Schien nur die Lippen schneller zu bewegen. Kurz zögerte er, ob er hinausgehen, die Tür schließen, im Flur warten sollte, bis sie fertig war. Beim nächsten Schritt setzte er den Fuß betont forsch auf, die Dielen blieben still. »Frau Potulski«, sagte er erneut, sagte es laut, seine Stimme klang fragend, ärgerte ihn. Er ging weiter, ging in einem Halbkreis um sie herum, bis er ihren Rücken sehen konnte, ihre Beine. Sie rührte sich nicht, sie trug keine Hose. Ihre Oberschenkel waren sehr hell, dort, wo sie gegen die Unterschenkel gepresst wurden, von kleinen Dellen übersät. Schwarze Haare wuchsen auf ihnen, gut sichtbar auf der weißen Haut, auf ihren flachgedrückten Waden, ihren Schenkeln. Adern zeichneten sich ab, blaue, vereinzelt auch rot-violette.

Sie saß auf den Fersen, die Knie unter das Sofa geschoben. Ihre Unterwäsche konnte er nicht sehen, das

T-Shirt hing über ihrem Schoß. Er ging weiter, ihre Fußsohlen orange verhornt, zur Ferse hin wurde die Haut weißlich, sie hielt den Rücken sehr gerade, das Shirt bedeckte knapp ihr Gesäß.

»Beten Sie«, fragte er, sie rührte sich nicht, er war sicher, ihre Lippen bewegten sich weiter. Er betrachtete ihren Rücken, ihren Nacken unter der geraden Schnittkante der Haare, sie wusste, dass er hinter ihr stand, ihre nackten Beine sehen konnte. Er machte einen Schritt auf sie zu, wollte die Hand ausstrecken, ihren Nacken berühren, ihn mit der Hand bedecken, seine Finger sanft an ihrem Hals. Sie musste hören, dass er näher kam, zwischen ihnen war nur noch der Couchtisch.

»Na wieki wiekòw. Amen.«

Ihre Stimme kam so plötzlich, dass er zurückwich, sie hob den Kopf, die Haarkante senkte sich in ihren Nacken.

»Frau Potulski«, sagte er, sagte es streng, sie räusperte sich, während ihre Hand routiniert Stirn, Brustbein, linke Schulter, rechte Schulter berührte, anschließend küsste sie flüchtig ihre Fingerspitzen.

Sie stützte sich auf dem Sofa auf, als sie sich aufrichtete, zog mit der anderen Hand ihr T-Shirt nach unten, das nützte nichts, sie trug eine weiße Unterhose, synthetisch glänzend, ohne Spitze oder sonstige Verzierungen. Hastig hob sie die Decke an, schlüpfte drunter, breitete sie über ihre Beine, zog sie über ihren Bauch.

»Was ist«, fragte sie.

»Die Bettwäsche ist schmutzig«, seine Stimme klang, als wenn er sich rechtfertigen würde.

»Anklopfen«, sie nahm das Kissen von der Lehne, legte es hinter sich, »Sie klopfen an, ehe Sie hereinkommen.«

Er stellte sich breitbeinig vor den Couchtisch, die Knie durchgedrückt, das Kinn vorgeschoben.

»Mein Bett muss bezogen werden.«

»Morgen«, sie zog die Decke höher, klemmte sie unter ihre Achseln, »die Wäsche mache ich morgen«, verschränkte die Arme vor der Brust, ihre Unterarme schoben ihre Brüste zusammen, schoben sie hoch, sie wölbten sich unter dem dünnen Baumwollstoff.

»Warum nicht heute?«

»Ich liege im Bett«, sie sah hinab auf die Decke, wieder zu ihm, entrüstet, wie ihm schien. »Ich habe gefegt, Staub gewischt, überall, im Flur, hier, in Ihrem Schlafzimmer, unter den Möbeln, unter Ihrem Bett. Ich kann nichts dafür, dass es bei Ihnen dreckig ist. Ich habe …«, sie machte eine Pause, biss sich auf die Unterlippe, schien nachzudenken. »Was haben Sie denn gemacht?« Sie richtete sich plötzlich auf, ihre Hand erhoben. »Was haben Sie denn gemacht?« Ihre Stimme überschlug sich. »Gemeckert und rumgesessen.« Sie ließ sich auf das Sofa zurückfallen, stieß wütend mit den Füßen in die Decke, bis sie ausgebreitet war. »Machen Sie das Licht aus, wenn Sie gehen.« Frau Potulski drehte sich auf die Seite, drehte ihm den Rücken zu, zog die Knie an, lag mit dem Gesicht zur Sofalehne.

Das Papiertaschentuch klebte sofort auf der Marmelade, er strich es mit der Handfläche glatt. Wenn er sich im Schlaf nicht allzu viel bewegte, würde es ausreichen, entschied er. Vorsichtig legte er seinen Unterarm auf das Papier, zog die Decke glatt und faltete die Hände über dem Bauch. Versuchte sich vorzustellen, dass er mit der einen Hand ihre Handgelenke zusammenhielt, sie lag auf dem Rücken, mit der anderen ihren Hosenknopf öffnete. Doch sie bäumte sich auf, stieß ihm die Knie in den Brustkorb, er fiel nach hinten. Ihre Hände griffen nach irgendwas, nach der Weltuhr, einem Messer, dem Mülleimer, hoben ihn drohend über ihren Kopf. Er sah das rote Dreieck, das der Mülleimer in seine Stirn riss, sah sich nach hinten kippen, die Augen verdreht. Er wäre nicht in der Lage, sie festzuhalten, niederzudrücken, unten zu halten, bis sie still genug lag. Mit dem Lastwagen gefahren. Er schüttelte den Kopf.

7.

Er war wach, als sie klopfte, er hatte sie erwartet. Saß aufrecht im Bett, die Haare mit den Fingern zurückgestrichen, hatte getrockneten Speichel aus seinen Mundwinkeln gerieben, die gelben Klümpchen aus den Wimpern. Sie drückte die Klinke nicht herunter, wartete im Flur auf eine Antwort.

»Bitte«, sagte er, und als sie sich nicht rührte, »es ist offen.«

Sie stand im Türrahmen, ohne Tablett, ihre Hände hingen rechts und links herab.

»Guten Morgen«, er bemühte sich zu lächeln.

»Frühstück ist fertig«, sagte sie.

»Stellen Sie es auf den Nachtschrank.«

Er schob die Lampe nach hinten, die Taschentücher fielen in den Spalt zwischen Schrank und Wand, er würde sie später bitten, sie wieder herauszuholen.

»In der Küche«, sagte sie, »wir frühstücken in der Küche.«

»Warum?« Sie ging langsam zum Fenster, als hätte sie ihn nicht gehört, zog die Vorhänge auf, der Himmel war grau, kein Regen, kein Schnee.

»So kann ich die Bettwäsche früher abziehen.« Sie sah hinaus, starrte in den verhangenen Himmel, ihre Hände reglos auf der Fensterbank.

»Die Zeitung«, fragte er schließlich.

Sie wandte sich um, ging zur Tür. »Sie haben auch kein richtiges Tablett«, sagte sie.

Warmes Wasser lief seinen Rücken hinab, er stieß gegen den Duschschlauch, ganz leicht nur, meinte, kurz eine Hand zu fühlen, eine Hand auf seinem Rücken. Er senkte den Kopf, Wasser floss rechts und links seine Wangen hinab, floss in seine Ohren, näherte sich seinen Augen, er schloss sie nicht. Steckte beide Zeigefinger in die Ohren, lauschte dem gleichmäßigen Rauschen des Blutes, bis ihm war, als würde das Wasser durch ihn durchfließen, warm und gleichmäßig.

Den Rasierpinsel stellte er ins Regal, als er fertig war, Rasierseife, mit Bartstoppeln durchsetzt, lief den Griff hinab, bildete eine Lache. Er zögerte, ob er sie wegwischen sollte, er ließ es bleiben.

Im Regal lag ein Kulturbeutel, türkise und rosa Blüten auf schwarzem Grund. Lag dort, wo vorgestern noch seiner gelegen hatte, er wog ihn in der Hand, er war leicht, der Reißverschluss offen. Wimperntusche, Deodorant, ein rosa Cremetiegel, die Etiketten mit polnischer Aufschrift. Keine Zahnpasta, eine Pinzette mit Rostflecken, Nagelknipser, ein hellblauer Lippenstift, farblos und aus Fett, wie er feststellte. Er überlegte, ob er ihr den Beutel bringen, Sie haben was vergessen, sagen sollte. Er legte ihn ins Regal zurück, nahm seine eigene Tasche wieder mit, stellte sie nicht neben ihre. Öffnete das Fenster und lüftete lange, ehe er das Bad verließ.

Jana Potulski war im Flur, stand vor dem Konsolenspiegel, hatte den Kopf gesenkt, ihr Kinn berührte fast ihr Brustbein, und betrachtete ihren Scheitel. Hob den Kopf, als sie ihn aus dem Bad kommen hörte.

»Ich muss wieder färben«, sie nahm das Staubtuch von der Konsole, »die Chefin würde schimpfen«, ging in Richtung Küche, ihre Mundwinkel zu einem winzigen Lächeln verzogen.

»Ihre Chefin schimpft, wenn Sie sich nicht die Haare färben?«, er war erstaunt.

Sie hielt mitten in der Bewegung inne, ihre Hand schon auf halbem Weg zur Küchentür, wandte den Kopf ein wenig in seine Richtung, nicht weit genug, als dass er ihr Gesicht sehen konnte, wandte den Kopf, als würde sie wittern. Stand mitten im Flur und rührte sich nicht. Er machte einen Schritt auf sie zu, sie hörte ihn kommen, sie zuckte mit den Achseln, stieß die Tür auf.

»Sie schimpft, wenn Sie sich die Haare nicht färben?«, wiederholte er.

Sie öffnete den Schrank unter der Spüle, faltete das Staubtuch mittig und legte es auf die Putzmittel.

»Menschen sind manchmal seltsam«, sagte sie, als sie sich aufrichtete, und sah ihn nicht an.

Der Tisch war fertig gedeckt, Marmelade, ein Teller mit Aufschnittröllchen, einer mit Käse, Buttervierecke, Tee.

»Das Ei ist kalt«, sie stellte den Brotkorb in die Mitte.

»Meine Zeitung?«

Die Zeitung lag auf der Fensterbank, er hatte sie beim Hereinkommen gesehen, zog einen Stuhl heran und setzte sich. Frau Potulski ging zum Fenster, ließ die

Zeitung vor ihn auf den Tisch fallen, der Teller klapperte auf der Tischplatte, er musste seine Tasse festhalten, sonst wäre sie umgekippt.

»Hier«, sagte sie.

Er goss Tee in die Tasse, nahm einen Schluck, »kalt«, er verzog den Mund, hielt ihr die Tasse hin.

»Sie mussten erst duschen«, sie ignorierte seinen Arm, nahm eine Scheibe Brot, legte eine aufgerollte Schinkenscheibe darauf und biss seelenruhig ab.

Sie war im Bad, hielt den Deckel der Wäschetruhe in der Hand, obenauf lag seine Bettwäsche.

»Sie ist voll«, sagte sie.

Es roch süßlich nach Waschpulver, im Waschbecken lag ein Pullover, weißer Schaum bedeckte die Wasseroberfläche, nicht aufgelöstes Pulver auf der Wolle, da, wo sie wie schwarze Inseln aus dem Wasser ragte. Der Pullover hatte einen Reißverschluss am Kragen, er kannte den Pullover nicht, »ich will Hände waschen«, sagte er.

»Wo ist die Waschmaschine?«, sie ließ den Deckel los, er fiel zu, der Stoff dämpfte den Aufprall.

»Ich will meine Hände waschen«, er griff nach dem Stöpsel.

»Gehen Sie in die Küche«, Frau Potulski machte einen Schritt nach vorne, stellte sich zwischen ihn und das Waschbecken. Sie tauchte ihre Hände bis zu den Handgelenken ins Wasser, »er muss einweichen«, zog den Pullover ein Stück heraus, tauchte ihn schmatzend wieder unter, ein paar Tropfen spritzten auf seine Hand.

»Wo ist die Waschmaschine«, wiederholte sie.

»Im Keller«, sagte er über die Schulter, er ging in den Flur, »man braucht Waschmünzen.«

Er drehte den Hahn über der Spüle auf, das Wasser war kalt.

»Geben Sie mir eine?«

Er tat, als hätte er sie nicht gehört, wartete, bis das Wasser warm wurde, »hier ist keine Seife.«

Unsanft legte sie das Seifenstück auf den Rand der Spüle neben ihn.

»Ich komme mit runter«, er seifte gründlich seine Hände ein.

Die Haustür schloss er doppelt ab, sie hatte die Wäsche in einen Bettbezug gestopft, der Bezug lag neben ihr auf dem grauen Linoleum.

»Der Boden ist dreckig«, sagte er.

»Der Bezug auch«, sie nahm ihn mit beiden Händen und schwang ihn über die Schulter, ihre Knie gaben leicht nach.

»Schwer«, fragte er.

Sie nickte, sah aus, als würde sie den Bezug wieder absetzen wollen, er ging die Stufen hinab, nach einem kurzen Moment folgte sie ihm.

Er schaltete das Kellerlicht ein, deutete auf die beiden Maschinen an der Wand, »hier«. Jemand hatte einen Plastikkorb mit bunten Klammern auf der kleinen Bank vergessen, die an der Längsseite des Raumes stand.

Quer durch den Raum waren Wäscheleinen gespannt, Jana Potulski ging unter ihnen durch, musste nicht einmal den Kopf einziehen, ließ den Bettbezug auf die

Sitzfläche der Bank gleiten, streckte und krümmte die Finger, ballte ihre Hände zu Fäusten und öffnete sie wieder.

»Tut weh«, sagte sie.

Er tat, als hätte er sie nicht gehört, steckte eine Waschmünze in den Schlitz, es schepperte metallisch, als sie in den Münzbehälter fiel.

Frau Potulski hatte den Beutel zur Maschine gezogen, griff hinein, schob Kleidungsstücke in die Öffnung. Obenauf lag eine seiner langen Unterhosen, ein bräunlicher Streifen auf dem weißen Feinripp, sie nahm die Unterhose so, dass der Streifen nach oben wies.

»Ich mach das«, er schob sie zur Seite.

Sie hielt ihm die Hose hin, darauf achtend, dass sie das Braune nicht berührte.

»Ich mache das auch nicht gerne«, sagte sie.

Er steckte die Hose, so tief er konnte, in die Trommel, sah in den Bezug hinein, musterte die Wäsche, der Rest schien in Ordnung zu sein.

»Die Maschine braucht nicht ganz eine Stunde. Ich hole Sie ab.«

Er wollte sich umwenden, zur Tür gehen, sie richtete sich auf.

»Wo gehen Sie hin?«

»Hoch«, sagte er, sagte es über die Schulter, als wäre es selbstverständlich.

»Und ich?«

»Sie bleiben bei der Wäsche«, er tat, als wäre er erstaunt, dass sie fragte.

»Wenn Sie die Wäsche bewachen wollen«, ihr Arm,

die Handfläche nach oben, beschrieb einen Halbkreis in Richtung Maschine, »bitte.«

»Nicht ich. Sie.«

Er wandte sich zur Tür, sie war schneller, drängte sich an ihm vorbei, schob ihn zur Seite. Auf der Schwelle blieb sie stehen, breitete die Arme aus, stemmte die Hände gegen den Türrahmen. Er ging auf sie zu, sie rührte sich nicht. Er streckte die Hand aus, wusste zunächst nicht, was er mit der Hand wollte. Die Hand näherte sich ihrem Gesicht, ihre Augen folgten ihr, seine Fingerspitzen berührten ihr Lippe, sie wich mit dem Gesicht zurück, musste den Türrahmen loslassen, wenn sie die Hand wegschlagen wollte. Er hob die Hand ein wenig höher, ihre Lippen waren weich und glatt. Warm. Er berührte ihre Oberlippe, ließ die Fingerkuppe hinabgleiten auf die Unterlippe, schob sie leicht nach unten, so dass er ihre Zähne sehen konnte. Weiter nach unten, bis die Lippe umklappte, das hellrote Fleisch der Innenseite sichtbar wurde, sein Finger feucht von ihrem Speichel. Sie schlug die Hand weg, schlug mit Kraft, sie tat ihm weh, ging einen Schritt zurück, wollte nach ihm stoßen, doch er war schneller. Drängte sich an ihr vorbei zur Kellertreppe.

»Hab ich wenigstens meine Ruhe«, rief sie hinter ihm her.

Er ging auf die Toilette, in Ruhe, öffnete das Fenster weit nach dem Spülen. Der geblümte Kulturbeutel lag noch immer im Regal, er nahm ihn mit ins Wohnzimmer.

In der Mitte des Raumes blieb er stehen. Ihre Wäsche

lag auf dem Sofa, die Bettdecke zusammengelegt auf der Lehne, obenauf ihr Kopfkissen, als gehöre das Sofa ihr. Unschlüssig betrachtete er den grünen Sessel, schob schließlich die Decke beiseite, sie fiel auf den Boden, den Kulturbeutel stellte er daneben. Sie hatte den Bildband nicht weggeräumt, er lag noch immer auf dem Couchtisch, er könnte ihn ins Regal tun, er ließ es bleiben. Aus dem Bad hörte er das Wasser in den Spülkasten nachlaufen. Er könnte das Radio anstellen, mit geschlossenen Augen Musik hören, er rührte sich nicht. Die Stille wurde eindrücklicher, er fühlte ihre Abwesenheit, fühlte, dass er allein war, endlich allein war, er sollte erleichtert sein. Dennoch stand er auf, ging zum Sideboard und schaltete das Radio an. Es lief »Umwelt und Natur«. »Es werden nicht nur ungewöhnlich viele sein, sie werden auch überdurchschnittlich groß«, sagte eine Männerstimme, er mochte die Sendung nicht. »Die Körpermaße eines Maikäfers entscheiden sich im Engerlingstadium«, fuhr die Stimme fort. Kalt war es im Keller, er sah sie auf der Bank sitzen, in die sich drehende Trommel starren. »Ein Chitinpanzer kann nicht wachsen.« Es klingelte, klingelte an der Wohnungstür, nicht unten. »Er kann sich auch nicht häuten, ein Käfer ist schließlich kein Reptil.« Vielleicht musste sie auf die Toilette, im Hinausgehen schaltete er das Radio aus.

»Wo trocknet die Wäsche?«, sie war außer Atem, war die Stufen hochgelaufen.

»Ist die Maschine schon durch?«, er sah auf seine Uhr.

»Wo trocknet die Wäsche?«, wiederholte sie.

»Auf den Leinen. Unten«, er war erstaunt.

Sie schob ihn zur Seite, so plötzlich, dass er vergaß, sich zu wehren, ihr den Weg zu versperren, den Türrahmen mit seinen Armen dichtzumachen. Drängte sich an ihm vorbei in den Flur. »Ich bewache doch nicht die Wäsche, bis sie getrocknet ist«, sie schüttelte den Kopf.

Er wartete, bis sie in der Küche verschwunden war, legte die Zeitung in Griffweite auf den Couchtisch und setzte sich in den Sessel. Im Radio endlich Klassik, er meinte Mozart zu erkennen, lehnte sich zurück, der Himmel gleichmäßig hellgrau. Sie öffnete die Küchenschränke, er hörte die Scharniere, stellte Gegenstände auf die Arbeitsplatte, die Geräusche leise und gedämpft, sie räumte den Vorratsschrank aus. Er schloss die Augen, es war Bach und nicht Mozart, der Ansager kündigte das nächste Konzert an.

Sein Mund war trocken. Er saß. Lag nicht. Er war aufgewacht, und es war dunkel, und er lag nicht in seinem Bett. Er war im Wohnzimmer, er saß in dem grünen Sessel, metallisches Klappern drang gedämpft aus der Küche.

Das Besteck lag auf dem Küchentisch, je ein Haufen Messer, Gabeln, Suppenlöffel, Teelöffel. Jana Potulski stand an der Spüle, Schaum auf ihren Händen, und trocknete die Plastikeinlage der Besteckschublade ab.

Sie drehte sich halb zu ihm um, »wann wollen wir essen?« Sie legte die Einlage in die Schublade zurück, trocknete die Hände mit dem Geschirrtuch ab. Er zuckte mit den Achseln, gähnte ohne Hand vor dem Mund.

Erstaunt betrachtete sie die Gabeln in ihrer Hand. »Das ist Silber«, sagte sie, legte die Gabeln in ihr Fach und zog eine hervor, schwärzlich verfärbt, die Zinken ein wenig verbogen. Das detailliert ausgearbeitete Dekor werde durch Oxydation noch besser hervorgehoben, stand in dem Prospekt, den seine Frau ihm vorgelesen hatte. Frau Potulski musterte die Rückseite des Griffs, suchte nach einer Marke, einer Aufschrift.

»WMF«, sagte er, »Fächermuster.« In der Echtsilberausführung, nicht 90 Gramm hart versilbert, sondern Sterling, hatte seine Frau immer betont.

Zu Weihnachten und ihren Geburtstagen hatten sie sich gegenseitig Messer und Gabeln, Tortenheber und Sahnelöffel und Sandwichzangen geschenkt. Seine Frau wollte es so. Zu ihrem fünfzigsten Geburtstag hatte er eine Reise gebucht, Costa del Sol, zwei Wochen, Halbpension. Sie war zornig geworden. Immer mache er alles kaputt, hatte sie gesagt, nie erfasse er das Wesentliche, und war ins Bad gegangen, um zu weinen. Neun Messer, Gabeln, Suppen- und Teelöffel waren es gewesen, acht Kuchengabeln, ein Tortenheber, ein Sahnelöffel, zwei Sandwichzangen, als sie starb. Sechs der Gedecke konnte er verkaufen, von dem Erlös hatte er die Kamera bezahlt.

Sie summte, während sie den Tisch abräumte, das Geschirr in die Spüle stellte, er nahm die Zeitung vom Couchtisch, ließ sich in den Sessel fallen.

Das Geräusch ihrer Füße auf den Dielen, das Knarren unter ihrem Gewicht blieb aus. Schließlich hob er den Kopf, Jana Potulski war stehen geblieben, auf der Türschwelle, ihr Mund geöffnet, ihre Hände erhoben, die Handflächen ihm zugewandt, als hätte sie etwas sagen wollen. Sie ließ die Hände sinken, sah ihn nicht an, setzte vorsichtig einen Fuß auf, das Knarren ließ sie wieder innehalten. Vielleicht sollte er Kommen Sie herein sagen. Er wandte sich wieder der Zeitung zu, es war eine der Sportseiten, die las er sonst nicht. Das eine Blatt zur Hälfte mit Tabellen bedruckt, auf der anderen Seite Fotos, lachende Skiläufer, an deren Nasen weißliche Tropfen hingen.

»Die Uhr ist kaputt?«, sie deutete zum Sideboard.

Er sah nicht auf, nickte nur.

»Die Batterie oder richtig kaputt?«

»Heil«, er schlug die Seiten um, »sie ist nicht aufgezogen, sie tickt zu laut. Seien Sie ruhig und setzen Sie sich hin.«

Er hörte, wie sie langsam zum Sofa ging, jeden Fuß behutsam aufsetzte, als eine der Dielen knarrte, seufzte sie leise. Stumm zählte er die Tabellen, wollte nicht umblättern, hörte, wie das Sofapolster nachgab, als sie sich setzte. Er schlug die Zeitungsseite um, mit Schwung um, das Papier legte sich nicht glatt aufeinander, bildete Falten, das Telefon klingelte. Klingelte so plötzlich, dass er zusammenzuckte, er starrte auf den Apparat, es war lange her, dass er geklingelt hatte. Jana Potulski sah ihn an, sah das Telefon an, auf dem Tischchen zwischen ihnen, es schrillte erneut.

»Soll ich?«

Er griff nach dem Hörer, räusperte sich, »Mildt.« Eine Frauenstimme, ihr Klang vertraut, sie sagte irgendwas, er verstand sie nicht.

»Bitte?«, sagte er. Einen Moment war es still.

»Jana«, fragte die Frau, »Jana Potulska?«

Er sah zum Sofa hinüber, Frau Potulski sah ihn unverwandt an.

»Verwählt«, sagte er schließlich und legte den Hörer auf die Gabel. »Das Radio«, er deutete mit dem Kinn in Richtung Sideboard, »machen Sie es an.«

Sie wollte aufstehen, hielt inne, als das Telefon erneut klingelte. Er hob die Zeitung, schlug sie wieder auf.

»Es ist für Sie«, sagte er.

Er versuchte, nicht zuzuhören, sich auf die Zeitung zu konzentrieren, nicht nach Worten zu suchen in dem fremden Silbenstrom. Ihre Stimme ruhig, freundlich, sie sprach lange, fand er.

»Ihre Adresse«, sagte sie unvermittelt auf Deutsch. »Ich brauche Ihre Adresse«, wiederholte sie.

Er sah auf, sie sprach mit ihm.

»Wozu brauchen Sie meine Adresse?«

Sie atmete tief ein und wieder aus.

»Für den Pass. Irgendwo muss sie ihn hinschicken.«

»Sie blockieren die Leitung«, entgegnete er.

Sie sah ihn stumm an, sprach nicht in den Hörer, saß kerzengerade da, schob das Kinn vor.

»Adresse«, sagte sie.

»Postlagernd«, er sprach mit Absicht leise, sie verstand ihn dennoch, »sie soll ihn postlagernd schicken.«

»Warum darf ich Ihre Adresse nicht …«

»Sie blockieren die Leitung«, wiederholte er.

»Als wenn Sie jemand anrufen würde.«

Sie wechselte wieder ins Polnische, ihr Tonfall schlagartig freundlich.

»Gehen Sie in die Kirche«, fragte sie, nachdem sie den Hörer aufgelegt hatte. Er konnte fühlen, dass sie ihn ansah und wartete.

Nach einer Weile schüttelte er den Kopf.

»Sollten Sie. Sie sind …«, sie senkte die Augen, betrachtete die Platte des Couchtischs.

»Was bin ich?«, seine Stimme klang beunruhigt, stellte er fest.

»Sie sind so traurig«, ihr Zeigefinger zeichnete die Maserung nach, langsam und gründlich.

»Ich bin nicht traurig.« Traurig war abwegig.

»Was sind Sie dann?«

Sie hob den Kopf, musterte sein Gesicht. Er hielt noch immer die Zeitung in der Hand, erleichtert sah er hinab. Zählte stumm die Buchstaben der Überschriften, Frau Potulski musterte seine hängenden Wangen, seine Tränensäcke, er fühlte, dass seine Mundwinkel zitterten, weil er sie aufeinanderpresste.

»Alt«, sagte er schließlich, entzifferte mühsam die Überschrift – die Berliner SPD hatte einen neuen Parteivorsitzenden gewählt.

»Sie wären nicht so allein mit Gott.«

»Ich bin nicht allein.« Er verschickte jedes Jahr eine Fünferpackung Weihnachtsgrüße und erhielt ungefähr die gleiche Anzahl an Karten zurück. Korrespondierte regelmäßig mit der tschechischen Firma, von der er sein Fotopapier bezog. Grüßte sich mit fast allen Nachbarn. Wenn er wollte, konnte er seine ehemaligen Kollegen anrufen, er wollte nur nicht.

»Glauben Sie an Gott«, fragte sie.

Er zuckte mit den Achseln.

»Ich habe lange in Delmenhorst gelebt. Ich habe nicht viele Bekannte in Berlin.«

Seine Frau hatte sich um ihren Freundeskreis gekümmert. Die Literaturdamen kamen regelmäßig zum Kaffee. Den ersten Samstag im Monat hatte sich der Bridgezirkel bei ihnen zu Hause getroffen. Er hatte stumm Zeitung gelesen, während seine Frau reizte, Stiche machte, schnappte, markierte und schnitt. Sie bereitete Platten vor, Sandwiches mit Gürkchen, wie sie versicherte, die er später am Abend herumreichte.

Die ersten Jahre hatte seine Mutter bei ihnen gewohnt, mit Menschen ihres Alters hat sie es besser, betonte seine Frau später. Er war sie am Sonntag oft besuchen gefahren, meist, wenn die Literaturdamen kamen, ihr freier Sonntag, hatte seine Frau es genannt.

Alle waren zur Beerdigung erschienen, einer der Bridgeherren hatte seinen Arm berührt, die anderen waren schweigend gegangen, beim Leichenschmaus hatte er stumm am Tischende gesessen, hatte sich gleichzeitig mit dem Pfarrer verabschiedet, den Kellner bat er, die Rechnung mit der Post zu schicken, nach kurzem Zögern hatte er eingewilligt.

»Gehen Sie ins Bad«, fragte er nach einer Weile.

Er strich mit den Fingerspitzen über die hellbraunen Warzenhöfe, weich und nach außen gewölbt. Bedeckte die Brüste mit seinen Händen, drückte sie zusammen, ihre Brustwarzen rau, gegen seine Handflächen gepresst. Schob die Brüste mit den Handflächen nach oben, zusammen, bis sie hell zwischen seinen Fingern hervorquollen.

Sie sah hinab, betrachtete ihr volles Dekolleté in seinen Händen, unvermittelt zog er die Hände zurück, ihre Brüste glitten auseinander, rutschten abwärts.

»Nun ist gut«, sagte sie.

Er tat, als habe er sie nicht gehört, griff erneut mit beiden Händen zu, schob die Brüste wieder hoch, höher als zuvor. Wo die Brüste auf dem Brustkorb aufgelegen hatten, war die Haut feucht und leicht gerötet. In der Falte des Brustansatzes am stärksten, eine rote Linie, unter den Armen ausfransend.

Er konnte ihre Brustwarzen fühlen, fester als das übrige Gewebe, er schob seine Daumen nach innen. Schob sie zwischen Handfläche und Brust, bis die Kuppen die Warzen berührten, sich die Nägel genau am Übergang zwischen Hof und Warze befanden.

Ihre Augen hatte sie halb geschlossen, ihren Blick auf irgendetwas hinter seiner Schulter gerichtet, er sah sich um, sie betrachtete das Regal, die Rasierseifenlache vielleicht.

Ihre Lider weiteten sich schlagartig, als er zudrückte, seine Daumennägel ins Gewebe presste, fest hineinpresste in den Übergang von Hof zu Warze, die rauen Kügelchen zwischen Daumen und Handfläche eingeklemmt.

Ein heller Laut entfuhr ihr, sie zuckte rückwärts, stieß mit dem Rücken gegen den Waschbeckenrand, zwei steile Falten zwischen den Augenbrauen. Sie bedeckte ihre Brüste mit den Händen, starrte ihn an. Er verschränkte die Arme vor der Brust.

»Raus!«, sagte sie.

8.

Das Bett war frisch bezogen, die Wäsche glatt und angenehm kühl, er lag auf dem Rücken, die Hände warm über dem Bauch gefaltet, die Beine verschränkt. Er hätte ihr nicht weh tun sollen, meinte wieder die kleinen Kugeln zu spüren, gegen seine Handflächen gepresst, rau und fester als das übrige Gewebe. Seine Frau hatte auch nicht gemocht, wenn er kniff oder biss oder sie an den Haaren zog.

Es pochte, kurz und fest, es pochte an der Tür, Fingerknöchel auf Holz, drei Mal, schnell hintereinander. Die Türklinke bewegte sich abwärts, die Tür bewegte sich nicht.

»Ja bitte«, rief er, »was wollen Sie?«

»Machen Sie auf«, ihre Stimme war laut, verzweifelt vielleicht, die Türklinke schlug auf und nieder, sie zerrte an ihr.

»Moment«, er fuhr mit den Füßen in die Pantoffeln. Dumpfe Schläge von der Tür, sie schlug mit der Handfläche gegen das Holz. »Hören Sie auf«, brüllte er, was fiel ihr ein.

Einen Moment war Stille.

»Sie machen jetzt auf«, sagte sie, ruhiger.

»Was wollen Sie«, fragte er, das kühle Metall des Schlüssels zwischen den Fingern.

»Sie machen jetzt auf«, wiederholte sie leise hinter der Tür.

Er drehte den Schlüssel, hatte nicht erwartet, dass sie gegen das Holz gelehnt stand, ihr Gewicht drückte die Tür auf, entriss ihm die Klinke. Jana Potulski taumelte nach vorn, trat auf seinen Fuß, stand in seinem Zimmer, das Gesicht gerötet, die Haare zerzaust. Den einen Arm hatte sie seitlich vom Körper abgespreizt, in der rechten Hand hielt sie einen Stapel Fotos, hielt sie am äußersten Rand, als wollte sie jede Berührung vermeiden. Als sie seinen Blick bemerkte, streckte sie die Hand aus, streckte ihm die Bilder entgegen, die Kanten berührten seinen Bauch.

»Was ist das«, fragte sie, ihre Stimme ganz dünn, er wusste, welche Bilder es waren.

»Es ist Ihnen verboten, die Schuber zu öffnen, Frau Potulski«, seine Stimme überschlug sich, »es ist Ihnen verboten.«

Er stieß ihre Hand weg, der Stapel rutschte ihr aus den Fingern. Sie sah zu, wie sie fielen, auseinanderglitten, sich auffächerten auf den Dielen, eins landete auf seinem Pantoffel, er stieß es weg.

»Was ist das?«, wiederholte sie, bückte sich nicht, machte keine Anstalten, die Bilder aufzuheben.

»Meine Frau«, antwortete er, »Sie sind Gast, Sie müssen tun, was ich sage.«

»Sie ist tot«, sagte sie, wieder mit der dünnen Mädchenstimme, als werde sie gleich weinen.

»Ich sagte doch, ich bin Witwer«, er wurde ungeduldig, »heben Sie die Bilder auf.«

»Sie haben sie umgebracht«, sie starrte ihn an, die

Augen nicht mehr schmal, sondern weit aufgerissen, zum ersten Mal schien sie Angst zu haben.

»Raus«, brüllte er, »wie können Sie es wagen«, brüllte er, sie rührte sich nicht, zuckte nicht, starrte ihn bloß an.

»Sie haben sie getötet.«

Er packte ihren Unterarm, drückte ihn gegen ihren Bauch, benutzte ihn wie eine Stange, drängte sie rückwärts. Ihre andere Hand verkrallte sich in seinen Pyjama, er umfasste das Handgelenk, presste seine Fingernägel in Haut, stieß zu, lehnte sich gegen sie, mit seinem ganzen Gewicht gegen sie. Kurz hielt sie stand, doch dann musste sie rückwärts, er drängte sie weiter, rückwärts in den Flur zurück.

Er musste sie mit einer Hand loslassen, Tränen liefen aus ihren Augen, er bekam die Tür zu fassen, schlug sie zu, hörte Frau Potulski dumpf gegen das Holz prallen. Er lehnte sich gegen die Tür, drehte den Schlüssel, seine Lunge sog ruckartig Luft ein, seine Arme taten weh.

Den ersten Film hatte er noch am selben Abend zum Entwickeln gebracht, am nächsten Tag konnte er die Bilder abholen. Vor und nach dem Dienst ging er in den Garten, nach ihr sehen.

Sie lag auf der Seite, der Körper bekleidet mit einem blauen Kittel, Knopfleiste vorn, mit Büstenhalter und Unterwäsche, die Kleidungsstücke ohne Befund, stand im Ermittlungsbericht. Ein Arm über den Kopf ausgestreckt, neben ihrer Hand der Klammerbeutel. Der andere Arm quer vor ihrem Bauch, mit dem Handrücken aufgestützt auf den grünen Rasen, das Handgelenk im

90-Grad-Winkel abgeknickt, als würde sie etwas halten. Einen kleinen Korb vielleicht. Als die Starre nachließ, sackte der Arm hinab auf ihren Körper.

Zuerst kamen die Totenflecken, Livores. Die Unterseiten von Armen und Beinen, auch ihr Nacken, färbten sich dunkel, das Blut dort zusammengelaufen und geronnen, die übrige Haut sehr hell. Ihr Kopf zur Seite gedreht, die rechte Gesichtshälfte ins Gras gedrückt, Nase, Wange und Kinn violett. Auf Armen und Rücken erschienen unregelmäßige Streifen, Kriechspuren von Nacktschnecken, die in der Morgensonne glitzerten. In den braun gefärbten Löckchen erst Tau, später kleine schwarze Käfer. Ihre Augen offen, ein kleines silbriges Insekt klebte auf dem rechten Augapfel, auf dem Schwarz der Pupille. Er ließ es dort, nur die Schnecken sammelte er morgens und abends ab und warf sie auf den Kompost.

Die Gänseblümchen leuchteten weiß, auf den ersten Bildern auch die Wäsche, er ließ sie auf der Leine hängen. Nach kurzer Zeit war sie gelblich, gesprenkelt mit schwarzem Vogelkot. Ein Kopfkissenbezug riss sich los, der Wind trieb ihn über den Rasen, jeden Morgen lag er woanders, am Ende hing er in den Rosen. Er hatte hinter ihr gestanden, als er die ersten Fotos aufnahm, ungefähr einen Meter hinter ihren Füßen, die Gänseblümchen waren scharf gezeichnet, ihr Nacken war zu sehen, ihre Waden. An den nächsten Tagen bemühte er sich, genau die gleiche Stelle wiederzufinden, es gelang ihm nicht. Schließlich ging er in die Garage und holte einen Kricketschläger, suchte eine Position, die ihm richtig erschien, und markierte die Stelle mit dem

Schläger, der Ermittlungsbericht erwähnte es in der Spalte »Besonderheiten«. Ihre Haut wurde zuerst immer weißer, dann grau, über Nacht fraß ein Nager ihre Nase an, ein weißes Knochenhorn kam zum Vorschein. Die Hecke zur rechten Seite war hoch, hinter dem Garten begann der Wald, die Nachbarn auf der anderen Seite waren im Urlaub. Essen holte er beim Imbiss, die Wäsche gab er in der Reinigung ab, niemand fragte nach ihr. Er hatte den Hund kläffen hören, war nachts aufgewacht und hatte ihn kläffen hören. Am nächsten Morgen, er war noch beim Zähneputzen, klingelten die Kollegen. Die Nachbarn hatten angerufen, sie waren zurück, ihr Spaniel hatte am Zaun gekläfft, stundenlang und gar nicht davon abzubringen, gaben sie zu Protokoll.

Er hatte oft in dem Zimmer gesessen, bei Einsatzbesprechungen, manchmal auch nach Dienstschluss. Hatte die immergleichen Büropflanzen auf der Fensterbank betrachtet, die nicht zu wachsen schienen, ihre langen blassgrünen Blätter von einer Staubschicht bedeckt, in den Töpfen braunes Granulat. Hatte sich über das Waschbecken in der Ecke und den Spiegel darüber gewundert, über das hellgelbe rissige Seifenstück, das, wie die Pflanzen, seine Größe nicht veränderte. Er kannte den blanken Schreibtisch, auf dem nur selten eine Akte gelegen hatte, kannte die dunkelgrüne Schreibauflage, akkurat nach der Tischkante ausgerichtet. Wenn sie hier zusammenkamen, hatten sie um den langen Besprechungstisch gesessen, der jetzt in seinem Rücken stand. Auch nach Dienstschluss, wenn sie Cognac tranken, sich über Frühschichten und Spätschichten beklagten, über die Ausrüstung, die winzigen Zuwächse bei den Bezügen, Überstunden, wenn sie sich über den Irrsinn von denen da draußen und denen da oben verständigt hatten.

Die Obduktion ergab Subarachnoidalblutung durch Perforation eines Aneurysmas, teilte ihm der Schichtleiter mit.

Er hatte den orangenen Aktendeckel angesehen und nicht gewusst, was er antworten sollte. Sie hatten sie aufgeschnitten. Sie hatten sie aufgeschnitten und nachgesehen, ob er ihr etwas angetan hatte. Hatten ihn auf den Besucherstuhl gesetzt, ihm verschwiegen, dass sie sie aufschneiden würden, hatten für möglich gehalten. Nicht gefragt, sondern aufgeschnitten und nachgesehen.

Wenn er etwas gelernt habe in diesem Beruf, dann, dass es Dinge gäbe, die man nicht verstehe, hatte der Schichtleiter gesagt und die Akte geöffnet, wahllos ein paar Seiten umgeblättert, Dinge, die man nicht verstehe, hatte er wiederholt.

»Wie viele Sterbefälle hast du bearbeitet?«, der Schichtleiter hatte eine Pause gemacht, als erwarte er eine Antwort. »Erst den Arzt rufen und dann den Bestatter, damit er sie abholt, die Leiche«, fuhr er fort.

»Aus Liebe« habe er es getan, hörte er in den Gängen der Dienststelle. Er war weitergegangen, hatte sie nicht korrigiert, hatte es nicht richtiggestellt. Er hatte die Frühpensionierung selbst vorgeschlagen, sein Schichtleiter sah erleichtert aus.

9.

Es war dunkel, als er aufwachte, er konnte den Wecker nicht erkennen. Seine Hände suchten die Nachttischlampe, ertasteten das Kabel, fuhren es entlang, bis sie gegen den Schalter stießen. Er musste blinzeln, es war kurz nach sechs. Er lehnte sich zurück, fühlte das weiche Nachgeben des Kopfkissens, hörte, wie die Luft durch den Stoff des Kissenbezugs gedrückt wurde, als sein Gewicht die Daunen zusammenstauchte. Eine Feder bohrte sich in seinen Nacken, er hätte sie aus dem Kissen ziehen können, er rührte sich nicht. Den Federkiel fest gegen die weiche Haut unter seinem Ohr gepresst, zog er die Decke glatt im matten Licht, schob mit der Handfläche die Falten zum Rand. Aus dem Wohnzimmer kein Laut, im Flur niemand. Es gab kein Bild für heute, er drehte den Kopf zur Seite, presste den Nacken fester gegen den Kiel. Er konnte nicht fahren, sein Druck schob die Daune wieder in den Bezug zurück, ein wenig spürte er noch das Stechen, er streckte die Hand aus, seine Finger legten den Schalter wieder um. Still lag er, wartete, bis seine Augen in der Dunkelheit die etwas helleren Fenstervierecke wieder ausmachen konnten. Irgendwo im Haus lief Wasser, floss das Fallrohr hinab. Klang, als hätte er vergessen, den Hahn abzudrehen. In der ersten Nacht war er aufgestanden und hatte nachgesehen, frierend in seinem Pyjama, im hellen Badlicht blinzelnd.

Er zog sich zusammen, in der dünnen Restwärme unter der Decke, zog die Knie an, bis er die Füße mit den Händen berühren konnte, seine Füße kalt und fremd. Im Flur niemand, aus dem Wohnzimmer kein Laut. Reglos lag er da, fühlte sein Herz schlagen, stetig und schnell.

Er schlug jäh die Decke zurück, stieß sie mit den Füßen von sich, er wollte zum Fenster, wollte die Vorhänge aufreißen, die Dielen kalt unter seinen Sohlen. Er sah sie gerade noch rechtzeitig, fing den Schritt in der Luft ab, setzte ihn knapp neben die weißen Quadrate auf den Boden. Sie lagen mit der Vorderseite nach unten, so gingen sie kaputt, *Agfa* las er, *Agfa* in Blassbraun. Er zog die Vorhänge auseinander. Sie haben sie umgebracht. Schneegriesel sank auf die leere Straße hinab, Sie haben sie umgebracht, kreiselte und tanzte im Licht der Laternen. Ein glühendes Band schlang sich um seinen Steiß, als er sich hinabbeugte, »Ischias«, sagte er leise vor sich hin, die Bilder intakt, keine Kratzer, kein Fett.

Er meinte die Dielen zu hören, die Dielen im Flur, unter ihrem Gewicht.

»Fenster auf, wenn Sie fertig sind«, brüllte er.

Die Badezimmertür schlug zu, sie drehte den Schlüssel.

Es gab keinen Grund, leise zu sein. Barfuß zu gehen. Zu überlegen, welche Dielen knarrten. Keinen, bei jedem Geräusch im Flur stillzustehen, die Bilder fest gegen den Bauch gepresst. Im Bad Regentropfen auf einem Plastikdach. Es gab keinen Grund zu denken, unter der Dusche würde sie ihn nicht hören, und dann zu eilen.

Das Wohnzimmer war ungelüftet. Sie hatte die Stehlampe angeknipst, eine der Birnen nur. Im Lichtkegel auf dem Couchtisch stand ein Glas mit einem Wasserrest, helle Krümel schwammen darin, ekelten ihn. Daneben, akkurat gestapelt, *Agfa*, las er, lagen die restlichen Bilder, die Vorderseite unten.

Sie hatte ihr Bettzeug nicht weggeräumt, es lag zerknüllt auf dem Sofa, roch säuerlich nach Schweiß. Das Kopfkissen war beinahe zu Boden gerutscht, darunter lugte etwas Blaues hervor. Er hob das Kissen an, das Blaue war die Tasche mit dem aufgenähten Anker. Sie hatte auf ihr geschlafen, hatte sie unter dem Kopfkissen versteckt.

Er nahm die Bilder, blätterte sie eilig durch, wollte nachsehen, ob sie vollständig waren. Sicher war er nicht, er hätte sie zählen können, siebenundvierzig mussten es sein. Er sah sich um, wo hätte sie die Bilder hintun sollen. Die Tasche. Sie konnte die Bilder in die Tasche getan haben. Hatte die Tasche unter dem Kopfkissen versteckt, hatte darauf geschlafen, glaubte, die Bilder seien eine Waffe, glaubte, etwas in der Hand zu haben gegen ihn. Im Bad Stille.

Er zog die Bettdecke zur Seite, in einer der Falten war etwas Orangefarbenes, es fiel auf die Dielen, als er die Decke anhob. Es klang nach Plastik, er sah hinab, dort lag sein Küchenmesser, orangefarbener Plastikgriff, kleine Klinge, das Messer, mit dem sie gestern die

Kartoffeln geschält hatte. Er hob es auf, berührte mit dem Daumen vorsichtig die Schneide, sie war scharf. Jana Potulski hatte sich bewaffnet. Er prüfte die Festigkeit der Klinge, sie ließ sich mit zwei Fingern problemlos verbiegen.

Er beugte sich vor, wollte nach der Tasche greifen, sein Fuß stieß gegen etwas Hartes. Neben seinem Fuß, zur Hälfte unter die Couch geschoben, lag ein Schirm. Sein Schirm, schwarz, in einem Kunstlederetui. Der Schirm gehörte an die Garderobe, die Garderobe hatte zwei Haken, einen für die Kleiderbürste, an dem anderen hatte gestern Abend noch der Schirm gehangen. Er ließ sich auf das Sofa fallen, das Kopfkissen fiel zu Boden, es scherte ihn nicht. Die Tasche war sehr leicht, er drückte sie zusammen, versuchte die Bilder zu ertasten, aber da war nur Weiches. Er zögerte, im Bad Stille, kein Wasser zu hören, nichts zu hören. Der Reißverschluss schnurrte leise, das Metall kühl zwischen seinen Fingern. Wäsche. Das schwarze T-Shirt obenauf, eine zerknüllte Unterhose, er schob beides zur Seite, darauf achtgebend, dass er die Hose nicht berührte. Ein Paar Tennissocken, ein schwarzer BH, keine Bilder. Er stand auf, ließ alles liegen, das Kopfkissen auf der Erde, die Tasche offen, den Schirm auf dem Couchtisch, dort, wo die Bilder gelegen hatten.

Der Schuber war noch offen, die Lade herausgezogen, er legte die Bilder zurück, schob die Lade mit dem Schienbein zu. Tat das Messer in die Spüle, es hatte auf dem Boden gelegen, es musste abgewaschen werden.

Er wartete im Schlafzimmer, bis er meinte, die Badezimmertür zu hören, wartete still an die Tür gelehnt, der Bademantel fest verknotet, sein Kulturbeutel unter den Ellbogen geklemmt. Er hatte versucht, die Haare mit den Fingern nach hinten zu streichen, im Schlafzimmer hing kein Spiegel.

Auf der Türschwelle hielt er inne, die Badezimmertür stand einen Spalt offen, das Licht war aus.

Ihre Haare waren noch nass, als er ins Wohnzimmer kam, sie saß auf der Kante der Couch, die blaue Tasche offen vor ihr auf dem Tisch. Die Bettwäsche hatte sie zusammengelegt, sie lag ordentlich gestapelt auf der Armlehne, das Kopfkissen obenauf.

»Wo wollen Sie frühstücken?« Sie sah kurz auf, wünschte ihm keinen guten Morgen, fragte nicht, wie es ihm ginge.

»Küche«, antwortete er, »haben Sie das Fenster aufgemacht?«

Sie nickte stumm.

Beißend kalt war es im Bad, er wartete einen Moment, nachdem er das Fenster geschlossen hatte, setzte sich auf den Toilettendeckel und zog den Bademantelkragen enger zusammen. Der Wannenabfluss glänzte silbrig, keine Haare, keine Seifenspuren. Er könnte die Heizung aufdrehen, ein wenig nur. Er ließ es bleiben, die Rohre knackten, wenn sie warm wurden, wären auch im Wohnzimmer zu hören.

Den Kulturbeutel hatte er ins Waschbecken gelegt. Der Hahn war nicht fest genug zugedreht, langsam lief ein Wassertropfen am grün verkrusteten Sieb zusammen. Er sah zu, wie der Tropfen voller wurde, wie er den Halt verlor und auf dem Beutel aufschlug. Sie hatte geschnüffelt, gespitzelt, alles aufgezogen, geöffnet, angefasst und besehen. Er konnte sie nicht in der Wohnung lassen. Dort, wo der Tropfen aufgeschlagen war, war ein nass glänzender Fleck auf der Tasche. Ein zweiter Tropfen fiel in die Mitte des Flecks, ein wenig Wasser lief die Falten hinab, stockend erst, doch dann beschleunigte es, bevor es im Weiß des Waschbeckens verschwand. Sie musste mitkommen. Die Kirche fotografieren, die kleine Kirche am Alexanderplatz neben dem Park. Nicht wirklich ein Park, eher eine unbebaute Fläche mit Wegen kreuz und quer, mit dürren Büschen und einem abgeschalteten Springbrunnen, der mit Laub gefüllt war. Er war an ihr vorbeigefahren auf dem Heimweg vom Dom, hatte beschlossen zu warten, bis Schnee lag, Schnee auf dem Müll, auf Kot und den Parkplätzen hinter der Kirche, dem löchrig getretenen Rasen, den vereisten Pfützen. Die Kirche am linken Bildrand, im Zentrum vereinzelt Bäume, so hatte er es sich vorgestellt, wie eine Kirche mit Pfarrgarten sollte es ein, menschenleer.

Mühsam stand er auf, die Kälte war schädlich, seine Muskulatur wurde steif. Den Beutel ließ er im Waschbecken, es dauerte, bis seine Finger den Bademantelknoten gelockert hatten. Der Boden der Dusche war bereits trocken, er drehte das Wasser auf, presste die Zähne aufeinander.

Die rote Dose ließ er auf dem Waschbeckenrand stehen, seine Zahnbürste stellte er in den Becher, gab acht, das sie die hellgrüne nicht berührte.

Der Tisch war gedeckt, die Tischdecke fehlte, Teller, Tasse, Messer und Gabel, in eine Serviette gewickelt, lagen auf der weißgrau beschichteten Platte. Teekanne, Marmeladenschälchen, den Wurst- und Käseteller und den Brot- und Butterteller hatte sie danebengestellt. Kein Eierbecher mit weichgekochtem Ei, vermerkte er. Die andere Hälfte des Tischs war leer, ohne Teller und Tasse und ohne Besteck.

Es war sehr still in seiner Küche, die Stuhlbeine schleiften über den Boden, als er sich an den Tisch setzte, es musste auch im Wohnzimmer zu hören sein.

Er nahm eine Scheibe Graubrot, die Butter war kalt, ein fester hellgelber Klumpen, der am Messer klebte, ein Loch in die Brotscheibe riss, als er versuchte, ihn zu verschmieren.

Das Messer erzeugte einen metallenen Misston, jedes Mal, wenn es gegen den Teller stieß, je leiser er sein wollte, desto lauter. Er verbrannte sich die Zunge, der Tee war heiß, er sog mit offenem Mund Luft an, sie hatte keinen Grund, so zu sein. Keinen. Er sollte wütend sein, sie hatte geschnüffelt, gespitzelt, alles aufgezogen, geöffnet, angefasst und besehen.

Sie saß noch immer auf dem Sofa, das Gesicht zum Fenster gewandt, die Arme vor der Brust verschränkt.

»Wo ist die Tischdecke«, fragte er. Vor ihr auf dem Couchtisch stand ein Teller mit einem angebissenen Honigbrot, daneben lag der Pommernbildband, sie hatte ihn nicht weggeräumt.

»Dreckig, vollgekleckert mit Kartoffelsuppe«, sie sah nicht zu ihm hin, sie sah weiter aus dem Fenster, den dicht kreiselnden Schneeflocken zu.

»Sie kommen mit«, sagte er.

»Wohin?«

»Zum Alexanderplatz.«

Endlich drehte sie den Kopf, wandte ihm das Gesicht zu, zwischen Nasenflügel und Mundwinkel eine scharf gezeichnete Linie, ihre Lippen zusammengepresst.

»Und dort?«

»Fotografieren.«

»Es schneit.«

»Darauf habe ich lange gewartet.«

Er drehte sich, ehe sie antworten, ihre Stirn runzeln konnte, drehte sich um und ging. Schloss die Wohnungstür auf, die Zeitung lag wie immer auf dem Boden, er schlug noch im Gehen die Brandenburgseiten auf, überflog die Polizeinachrichten, nichts. Der Schirm hing wieder an dem Garderobenhaken.

Sie war ihm böse. Er fühlte, sie war ihm böse. Fühlte es mit der Haut zwischen seinen Schulterblättern, mit den Muskeln im unteren Teil seines Rückens, die sich verspannten, eine niedrige Wand wurden, gegen die das Porzellanscheppern, mit dem sie ihren Teller auf den Küchentisch stellte, brandete und zurückgeworfen wurde. Er fühlte es an der Luft, die sie verdrängte, während sie in wütenden kurzen Bewegungen das Pedal des Mülleimers heruntertrat und die Krümel von seinem Teller hinabrieseln ließ, den Teller knallte sie neben ihn in die Spüle, das Besteck auch. An der Luft, die rasch seinen Rücken, seine Schultern, seine Ärmel entlangstrich, schneller und mehr als sonst. Er sah nicht zu ihr hin. Er machte Tee. Stand vor dem Herd, fühlte die

Wärme der Gasflamme an seinem Bauch, starrte den Kessel an, beige und mit rotem Blumenkranz und schwarz, vom festgebrannten Fett. Er nahm die Pappschachtel Pfefferminztee vom Bord, hängte zwei Beutel in die Kanne und fühlte, sie war ihm böse.

Er schmierte die Brote, vier Mettwurst, vier Schmelzkäse, tat die Thermoskanne in die Plastiktüte, wickelte sie zusammen, legte sie in die Tasche. Einen zweiten Becher könnte er einpacken, stattdessen nahm er den Apfelsaft aus dem Kühlschrank.

»Sie brauchen Handschuhe«, sagte er.

»Ich habe keine.«

Er zog die Schublade der Flurkonsole auf, »es ist kalt«, sagte er, in einem Müllbeutel hatte er die Handschuhe, Schals, Tücher und Mützen seiner Frau in die Altkleidersammlung gebracht, die Konsole war fast leer. Sie sah ihm zu, an den Türrahmen gelehnt.

»Ich weiß«, sagte sie, »ich weiß, dass es kalt ist. Deshalb will ich nicht mitkommen.«

Er nahm ein altes Paar Lederhandschuhe und hielt sie ihr hin.

»Die sind zu groß«, sagte sie und verschränkte die Arme vor der Brust, »die sind viel zu groß.«

»Wie Sie wollen«, er legte die Handschuhe auf die Konsole, »es sind Ihre Hände, die frieren werden.«

Entschlossen nahm er den Schirm von seinem Haken, »den nehmen Sie«, sagte er, »Sie kennen ihn ja schon«, und legte ihn neben die Handschuhe.

Sie hielt den Blick gesenkt auf die Treppenstufen hinab zur U-Bahn. Schwieg auch, als sie am Automaten vorbeigingen, er hatte eine Monatsmarke, er brauchte keine Fahrkarte. Sie sah hinab zu den Gleisen, fragte nicht, bat nicht.

»Wir können durchfahren«, sagte er, um etwas zu sagen, »müssen nicht umsteigen.« Stumm war sie neben ihm zur Station gegangen, langsam diesmal, er hatte sie antreiben müssen, auf das Licht verwiesen, das mit der Sonne schwinden würde. Frau Potulski hatte ihr Gesicht abgewandt, die Schaufenster betrachtet, die Betrunkenen vor dem Kiosk, hatte weiter gemächlich einen Turnschuh vor den anderen gesetzt.

»Wie war sie?« Frau Potulski sah ihn mit hochgezogenen Augenbrauen an, *drei Minuten* leuchtete grün auf der Anzeigetafel.

»Wer?«

»Ihre Frau«, antwortete sie, sah ebenfalls hoch zu den drei Minuten.

Er traute den Anzeigen nicht, die Minuten schienen immer so lang zu dauern, wie es den Verkehrsbetrieben dienlich war. »Hausfrau. Nichts Besonderes.«

»Hat keine Kinder gekriegt«, setzte er hinzu, mehr war nicht zu sagen.

10.

»Höher, Frau Potulski, höher«, er presste das rechte Auge gegen die Gummifütterung des Kamerasuchers. »Der Schirm ist immer noch im Bild.« Er richtete sich auf, sie hatte die Augen verdreht, viel Weiß war zu sehen.

»Mir ist kalt«, sie klang erbost, ihre Nase gerötet im kälteblassen Gesicht, die Lippen bläulich, mit kleinen weißen Hautfetzen bedeckt.

»Halten Sie ihn höher, dann geht es schneller.«

Er beugte sich wieder hinab, zwei Männer standen vor der Tafel neben der Kirchentür, studierten sie eingehend, er musste warten.

»Machen Sie Ihr verdammtes Bild«, sie stampfte einen Turnschuh in den vereisten Boden.

»Höher«, entgegnete er.

»Meine Nase«, sie ließ den Schirm erneut sinken, durchwühlte ihre Taschen, ein durchsichtiger Tropfen hing an ihrer Nasenspitze, schließlich wischte sie ihn mit dem Ärmel ab.

»Sie sind widerlich«, sagte er, auf dem Ärmel war ein dreieckiger Fleck, feucht noch, bald würde er silbrig getrocknet sein, »nehmen Sie ein Taschentuch.«

»Ich habe keins«, sie betonte jedes Wort einzeln, Schneeflocken legten sich auf ihre Wimpern, schmolzen dort, das Wasser ließ sie die Augen zukneifen.

»Hier«, er reichte ihr eines von seinen, sie nahm es, ohne ihm zu danken.

Aus dem Taschentuch wurde in kürzester Zeit ein feuchter, grauer Klumpen. Jedes Mal, wenn sie ihre Nase putzte, klappte sie den Schirm zusammen, klemmte ihn zwischen ihre Knie, Schneeflocken setzten sich auf die Kamera, er versuchte, sie mit den Händen abzuschirmen. Jedes Mal zog sie die Handschuhe von ihren Fingern, steckte sie in die Jackentasche, holte den grauen Klumpen hervor und schnäuzte sich.

»Beeilung, die Kamera«, sagte er.

Ungerührt zog sie die Handschuhe wieder an, prüfte bei jedem Finger einzeln, ob sie richtig saßen.

Er sah durch den Sucher. Vor dem Kirchenportal sammelte sich eine Gruppe Touristen um eine Frau, die ein Schild hochhielt, auf dem *Guide* stand.

Seine Hände wurden kalt, »kurze Pause«, er drehte den Deckel auf das Objektiv, zog die Regenhaube über die Kamera. Zuoberst in der Tasche lag der Saft, er reichte ihn ihr, sie nahm ihn, ohne zu zögern, klappte stumm den Schirm zusammen. Als er die Thermoskanne aus der Tüte wickelte, konnte er ihre laue Wärme durch seine Handschuhe spüren.

Er schraubte den Becher von der Kanne und klemmte ihn zwischen die Knie, er brauchte beide Hände, um den Verschluss aufzudrehen.

»Soll ich«, fragte sie.

Das Gewinde schmatzte, als es nachgab, kleine Teebläschen zerplatzten an der Öffnung.

»Ich mache das jeden Tag«, antwortete er.

Er gab acht, nicht zu tropfen, nichts zu vergeuden, goss den Becher nur halb voll, das genügte, um zu wärmen, neun halbvolle Becher konnte er aus einer Kanne rausholen, manchmal fast zehn. Er hielt die Tasse mit beiden Händen, der aufsteigende Dampf legte sich warm auf seine Wangen.

»Und ich«, fragte sie.

»Soll ich?« Er stellte den Becher auf dem Taschendeckel ab, streckte die Hand nach der Saftpackung aus, sie sah hinab auf ihre Hände, als hätte sie den Saft vergessen. »Ich brauche den Tee«, sagte er, die Saftpackung hatte einen Drehverschluss, seine Handschuhe rutschten ab, »meine Finger«, sagte er, »meine Finger werden steif.«

Jana Potulski hüpfte, von einem Fuß auf den anderen, es sah lächerlich aus, eine kleine stämmige Frau, die hüpfte.

»Sie müssen aus der Packung trinken, ich habe nur einen Becher«, sagte er, der Drehverschluss gab endlich nach. Er hielt ihr den geöffneten Saft hin, sie sah ihn nicht einmal an.

»Der ist kalt«, sagte sie, »davon wird mir noch kälter.«

Er ließ den Arm ausgestreckt, der Karton war schwer, sein Arm zitterte.

»Sie wollten den Apfelsaft haben, jetzt werden Sie ihn auch trinken«, sagte er.

Langsam nahm sie die Packung, blickte ihn unentwegt an, er fühlte die Wärme des Bechers in seinen Fingern, der Dampf ließ seine Nase tropfen. Aus dem Augenwinkel sah er, dass Frau Potulski die Saftpackung ansetzte, er konnte sie schlucken hören. Beim Absetzen lief ein wenig Saft über ihr Kinn.

»Davon wird mir noch kälter«, sagte sie.

Er antwortete nicht. Schweigend stießen sie nebeneinander Atemwolken aus, die Touristen gingen langsam in die Kirche. Frau Potulski musterte den Streusand, die aufgeweichten Zigarettenreste, trat einen Schritt vor und schob mit der Schuhspitze eine Kippe an den Kantstein. Sie stellte den Saft auf den Boden, schob eine weitere Kippe zur ersten, ihre Turnschuhe grau durchnässt. Wo die Zigarettenkippe gelegen hatte, blieb ein schwarzer Aschefleck auf dem Schnee zurück. Er sah zu, wie sie allmählich einen kleinen Haufen zusammenschob.

»So«, er drehte den Becher um, der restliche Tee tropfte auf den Bürgersteig, war noch warm genug, um kleine Löcher in den Schnee zu schmelzen. Die bunten Winterjacken waren in der Kirche verschwunden, er schraubte den Becher auf die Kanne, nahm die Haube von der Kamera, Frau Potulski rührte sich nicht, betrachtete den Kippenhaufen.

»Der Schirm.« Sie schob ungerührt eine weitere Kippe zum Kantstein. Er nahm ihn, hielt ihn vor sie hin, hielt ihn vor ihren Bauch, »hier.« Sie steckte beide Hände in die Jackentasche. »Hier!« Er brüllte fast, eine Passantin drehte sich um, es scherte ihn nicht. Schließlich streckte sie die Hand aus, klappte den Schirm auf, hielt ihn seitlich vom Körper weg, drehte ihn wie ein Kind zwischen den Fingern, drehte ihn immer schneller, er musste den Metallspitzen der Speichen ausweichen. Rasch zog er die Haube von der Kamera, steckte sie in seine Manteltasche, nahm den Deckel vom Objektiv.

»Ich muss«, sagte sie, den Schirm hielt sie noch immer seitlich vom Körper abgespreizt.

Er wartete.

»Ich muss auf Toilette«, vervollständigte sie ungeduldig.

»Gleich«, sagte er, »gleich sind sie drin«, er deutete auf die Kirche, sie sah in dieselbe Richtung.

»Nein.«

»Wenn sie drin sind, geht es schnell«, er beugte sich wieder zum Sucher hinab.

»Ich muss jetzt«, sie klappte den Schirm zusammen, »hier.«

Als er den Schirm nicht nahm, legte sie ihn zwischen die Stativfüße in den Schnee.

»Frau Potulski«, er richtete sich auf, doch sie hatte sich abgewandt.

»Bis gleich«, sagte sie über die Schulter, stand am Bordstein und wartete ruhig, bis der Verkehr kurz nachließ.

Die Winterjacken waren nicht mehr zu sehen, die Kirchentür war geschlossen, der Vorplatz leer, nur Schnee, zerwühlter, dreckiger, festgetretener und aufgeworfener Schnee. Nichts rührte sich, er beugte sich hinab, fühlte den Auslöser unter seinem Zeigefinger, berührte ihn nur, drückte ihn nicht hinab, fühlte, wie er leicht nachgab, nein. Er richtete sich auf, er würde warten. Ihren Ungehorsam nicht belohnen, indem er das Bild machte, so dass sie schneller gehen konnten. So einfach würde er sie nicht davonkommen lassen, er zog die Haube über die Kamera, schob die Hände in die Manteltasche, er würde warten.

Sie kam zurück, schneller als gedacht, er erkannte sie von Weitem, beige, schwarz, klein, wie sie sich zwischen Touristen durchzwängte, eilig.

»Es kostet Geld«, sagte sie atemlos, als sie vor ihm stand, ihr Körper blieb in Bewegung, wippte auf und ab. Unwillkürlich hob er die Hand, tastete die linke Brust ab, es war da, fest und quadratisch unter dem weichen Wollstoff des Mantels.

Er ließ sich Zeit, zog das Portemonnaie bedächtig hervor, knöpfte sorgsam den Mantel wieder zu, bevor er das Münzfach öffnete. Er hielt es ein wenig schräg, so dass alle Münzen auf eine Seite rutschten, schob sie mit dem Zeigefinger auseinander, als würde er suchen. Ließ die Münzen zur anderen Seite rutschen.

Sie konnte nicht mehr stillstehen, die Lippen zusammengepresst, die Stirn in Falten.

»Beeilung«, sagte sie.

Er fühlte ein Lächeln in seinen Mundwinkeln, als er die Münzen mit kurzen, ruckartigen Bewegungen zurück in die Mitte beförderte, ehe er sich für eine entschied.

Sie sah hinab auf die Messingmünze, die in den Lederfalten der Handschuhe fast verschwand.

»Das ist zu wenig«, sagte sie, »50 Cent stand auf dem Schild.«

»50 Cent? Das ist eine Mark. Ich bezahle doch nicht eine Mark, damit Sie …«, er brach ab.

»Gut, dann nicht«, sie drehte ihm den Rücken zu, sah den Gehweg entlang, verlagerte ihr Gewicht vom linken auf den rechten auf den linken Turnschuh. Ein Pärchen kam ihnen entgegen, Frau Potulskis Lippen, ihre breiten Lippen lächelten. Lächelten warm. Ein Pärchen in roten Winterjacken, mit Mützen und Schals und Handschuhen, mit Kamera und mit Straßenkarte und leichtem Rucksack und Plänen, wo sie essen und wie sie den Nachmittag verbringen würden.

Unvermittelt stieß Frau Potulski sich mit den Füßen ab, grub das Turnschuhprofil in den Schnee, drückte ihren Körper nach vorn. Er fühlte die jähe Bewegung neben sich, sie streifte seinen Ärmel, »was …?« Sie beachtete ihn nicht. Er griff nach ihr, griff ins Leere, zielstrebig ging sie dem Pärchen entgegen, zielstrebig blickte sie den beiden ins Gesicht. So zielstrebig, dass das Pärchen den Kurs änderte, auf Frau Potulski zusteuerte. Beide lächelten hilfsbereit, als sie ihr gegenüberstanden, er starrte auf Frau Potulskis beigen Jackenrücken, konnte nicht verstehen, was sie sagte, sie gestikulierte, breitete die Arme auseinander, streckte entschuldigend die Handflächen aus. Die beiden nickten einige Male, nickten gleichzeitig. Er konnte sehen, wie ihr Lächeln millimeterweise schmaler wurde, die Frau nahm den kleinen schwarzen Rucksack von ihrer Schulter und zog ein Portemonnaie hervor. Ihre Blicke wanderten an Jana Potulskis Gesicht vorbei, glitten über den Bürgersteig, bis sie an ihm hängenblieben. Ihn fixierten, ihn, erstarrt neben seiner Kamera. Vier Augen tasteten seinen Mantel ab, der dringend ausgebürstet werden müsste. Sie besahen sein Gesicht, seine

Tränensäcke, seine hängenden Wangen, seine Lippen, die bestimmt wieder zitterten, weil er sie zusammenpresste.

Auch Frau Potulski drehte sich um, kurz, meinte er, sie würde mit dem Finger auf ihn deuten, doch sie lächelte nur still. Er wollte zurückstarren, aufrecht und stark, doch seine Augen wurden abgedrängt von ihren Augen, auf den Schnee hinabgezwungen, bis sie im fließenden Verkehr der Liebknechtstraße Halt fanden. Autos zogen vor seinen Pupillen vorbei, rot, silbern, graphitfarben. Sie hatte um Geld gebeten, Jana Potulski bettelte, stand nur wenige Schritte entfernt, drehte ihm den Rücken zu und bettelte. Er wagte nicht, sich von der Straße abzuwenden, er hätte ihr das Geld gegeben, nicht sogleich, aber er hätte es ihr gegeben. Wut breitete sich in ihm aus, ließ seinen Arm jäh durch die Luft fahren, gegen die Kamera stoßen, sie wackelte nur.

»Danke«, sagte Frau Potulski, »vielen, vielen Dank, Sie sind gute Menschen«, sagte es laut, damit er es hörte. Die Antwort verstand er nicht, sie war zu leise. »Nein, Sie haben ein gutes Herz, das ist selten. Gott behüte Sie.«

Jana Potulski kam auf ihn zu, hielt eine Münze hoch und lächelte. Breit und triumphierend. Ging an ihm vorbei, an ihm mit seiner Kamera, eilig auf den Bordstein zu.

Das Pärchen ging langsam weiter, er wandte ihnen den Rücken zu, drehte am Objektiv, als würde er etwas einstellen. Sie starrten ihn an, er wusste, sie starrten ihn an, er beugte sich hinab, presste das Auge gegen den Sucher, am liebsten wäre er in die Kamera hineingekrochen, sein Rücken schmerzte. Er hörte ihre Schritte, das Knirschen des Schnees, schweigend gingen sie hinter seinem gekrümmten Rücken vorbei. Er richtete sich erst wieder auf, als er sicher war, dass sie ihn passiert hatten.

»Parasit«, brüllte er, »polnische Geschmeißfliege«, brüllte er, Jana Potulski überquerte langsam die Liebknechtstraße, sie zuckte nicht einmal. Seine Stimme schluckte der Verkehrslärm. Unbeirrt, als gäbe es ihn nicht, die Schultern fest, den Kopf erhoben, wartete sie am Mittelstreifen. Er hätte sie gern gestoßen, mit der Faust zwischen die Schulterblätter, zumindest mit der flachen Hand. Auf dass sie nach vorne fiel, sich nach ihm umsah. Plötzlich drehte sie sich um, das Kinn vorgereckt, die Augenbrauen zusammengezogen, zwei parallel verlaufende Falten teilten ihre Stirn.

»Herrenmensch«, brüllte sie, den Oberkörper nach vorn gebeugt, die Arme nach hinten gestreckt, die Hände geballt, »Her-ren-mensch.«

Das Wort hatte er lange nicht gehört, abrupt wandte sie sich ab. Er öffnete den Mund, er war erstaunt. Seinem Mund entwich eine Atemwolke, er hatte brüllen wollen, er wusste nur nicht mehr, was. Als könne er ihnen nichts anhaben, verschwanden die beigen Schultern in der Passantenmenge.

Sie brauchte lange. Er sah die Straße hinab, suchte das Beige ihrer Jacke zwischen dunklen Wollmänteln und bunten Allwetterjacken. Brauchte länger als die Reisegruppe, die schließlich gänzlich in der Kirche verschwand. Länger als die beiden Frauen, die die Tafel studierten und weitergingen. Als der Radfahrer, der abstieg, kurz den Sitz der Fahrradkette prüfte und weiterfuhr. Kurz meinte er, etwas Beiges ausmachen zu können, doch das Beige bog rasch in eine der Querstraßen ab, das Beige war auch das Falsche, es war zu dunkel.

Er müsste alles einpacken, Stativ, Kamera, die Objektive, alles einwickeln. Sie würde wiederkommen, sobald er alles in der Tasche verstaut hatte, würde sich nicht entschuldigen, ihn verständnislos ansehen, wenn er ihr erklärte, wie viel Zeit er ihretwegen verloren hatte. Es hatte aufgehört zu schneien, der Schirm war überflüssig. Der Winkel war perfekt, so hatte er es sich vorgestellt: rechts die Bäume, am linken Bildrand die Kirche. Er sah hinab zu den schwarzen Gummikappen an den Enden der Stativbeine, die sich in den Schnee gebohrt hatten, vier winzige Löcher, er würde die Stelle nicht wiederfinden, wenn er ginge, nach ihr sehen. Der Winkel war perfekt. Er könnte mit den Hacken einen Strich in den Schnee ziehen als Markierung. Er wandte sich um, betrachtete den Strom der entgegenkommenden Passanten, sie würden jeden Strich niedertrampeln, einebnen mit ihren geriffelten Profilsohlen, er konnte nicht gehen.

Er beugte sich hinab, presste das Auge an die schwarze Gummifütterung, eine Frau schob langsam ihren Kinderwagen durchs Bild. Er blieb gebückt, ein glühendes Band umschlang seinen Steiß, gern hätte er eine Hand daraufgepresst, wie ein Greis in einer Karikatur, eine wärmende Hand auf seinen Rücken gepresst, »Ischias«, sagte er leise.

Langsam bewegten sie sich aus dem Bild, erst der Kinderwagen, dann die Frau, und dann bewegte sich nichts mehr, nicht einmal die Bäume, es war windstill. Er atmete nicht, als seine Finger den Auslöser hinabdrückten, klack, automatisch neu spannten, klack, spannen, klack, spannen, er fühlte den Puls in seinen Schläfen, seinen Handgelenken, als er sich wieder aufrichtete. Er hatte sein Bild.

Er goss Tee in den Becher, trank hastig einen Schluck, verbrannte sich die Zunge, sog mit offenem Mund kalte Luft ein, seine Zunge schmerzte, als er sie gegen den Gaumen drückte. Er hatte sein Bild, er konnte einpacken. Er nahm die Plastiktüte aus der Tasche, wickelte die Kanne wieder ein, es war noch Tee übrig, sie kam ganz nach unten. Die Brote würden sie essen, wenn sie wieder zu Hause waren.

Er schraubte die Kamera vom Stativ, ärgern wollte sie ihn, ließ sich absichtlich Zeit, damit er sich sorgte. Er würde sich nicht sorgen, er klappte das Stativ zusammen.

Eine halbe Stunde war sicher vergangen, er hatte nicht auf die Uhr gesehen, vierzig Minuten vielleicht. Er packte die Tasche zu Ende, den Saft ließ er stehen, er packte sie sehr sorgfältig, hängte den Riemen über seine Schulter, Viertel nach eins. Er stand mitten auf dem Bürgersteig, ohne Kamera, ohne eine Beschäftigung, die Hände in den Manteltaschen. Hätte sie einen Unfall gehabt, würde er Sirenen gehört haben, er versuchte sich zu erinnern, nein, keine Sirenen, aber sicher war er nicht. Sein Kinn war steif vor Kälte, es schmerzte, wenn er den Mund verzog, er probierte es einige Male, eine Frau drehte sich nach ihm um, er wurde wütend. Sie wollte ihn ärgern, ließ sich absichtlich Zeit, trödelte, wie ein bockiges Kind, er hatte gesagt, er wäre bald fertig.

Er drehte sich einmal um die eigene Achse, sah die Parkwege entlang, wäre beinahe auf den Kippenhaufen getreten. Er nahm einen Schritt Anlauf, wie ein Fußballspieler beim Elfmeter, holte aus und rammte die Schuhspitze zwischen die Stummel. Das Zigarettenpapier riss, Filtermaterial und feuchte Tabakkrümel quollen braun hervor.

Seine Hände schmerzten trotz der Handschuhe, er hätte sie gern in die Manteltaschen gesteckt, in den rauen Schutz des Wollstoffs. Aber er brauchte die Arme zum Balancieren, er ging ein Stück den Parkweg entlang, auf dem blanken Eis lag Streusand, knirschte unter seinen Sohlen. Fühlte etwas auf seinem Rücken, leichter als eine Berührung, fühlte, wie sich Gänsehaut in seinem Nacken ausbreitete, sich die feinen Härchen in seinem Nacken aufstellten. Fühlte, dass seine Muskeln härter, die Schulterblätter wie zwei Käferflügel nach hinten gezogen wurden, nach unten, als würden sie Schutz bieten.

Er blieb stehen, er wurde beobachtet. Vielleicht hatte sie sich versteckt. War in der Nähe, hielt sich nur verborgen, wollte sehen, ob er sich sorgte. Verfolgte jede seiner Bewegungen, lächelte bei jeder Drehung seines Kopfes, als er versuchte, sich zu recken, auf Zehenspitzen, damit er den Park besser überblicken konnte, lächelte, verborgen und still, während er die Wege hinabspähte.

Vielleicht stand sie hinter einem der Bäume, hinter der Ecke der Kirche und sah ihm zu. Sah zu, wie er den vereisten Weg zurückstakste, mit abgespreizten Armen, die sich vor und zurück bewegten, als würde er schwimmen. Sah zu und lächelte, ihre Zähne sehr weiß. Das Lächeln wurde breiter, als sein Fuß wegrutschte. Er schwankte, meinte das Eis bereits mit dem Hinterkopf zu spüren, er würde hart aufschlagen, sein Blut würde in die Eiskristalle sickern, sich mit Schmelzwasser mischen, es hellrot färben. Er fing sich, fand das Gleichgewicht wieder, der Rücken versteift zu einem Hohlkreuz, sein Herzschlag schnell und dumpf. Stand reglos da, sah hinab auf die Pfütze, das Eis war dunkel und nicht weiß. Fühlte, wie Schweiß aus den Poren unter seinen Armen trat und sich auf kalte Haut legte.

Den Saft ließ er stehen. Nach sechsundzwanzig Schritten, er zählte sie leise, drehte er sich um, so schnell es der glattgetretene Schnee zuließ. Er prallte mit einem Mann zusammen, frontal zusammen, stieß mit dem Kinn gegen graue Mantelbrust, biss sich auf die Zunge. Der Mann musste dicht hinter ihm gegangen sein. Er schmeckte kein Blut, bewegte die Zunge, konnte jede einzelne Kerbe fühlen, die seine Zähne hinterlassen hatten. Der Mann sprach weiter in sein Mobiltelefon, sah ihn im Vorbeigehen an und schüttelte den Kopf.

Sie hatte unzählige Möglichkeiten. Die Bäume, der hellgraue Stromkasten auf der anderen Straßenseite, hüfthoch und mit Plakatresten beklebt, sie konnte hinter ihm kauern oder sich hinter die parkenden Autos ducken. Die Straße schnurgerade, er war leicht zu observieren. Sie kannte den Weg, er sollte abbiegen, in eine der Querstraßen, in einem Hauseingang haltmachen und warten.

Unvermittelt beugte er sich vor, versuchte, durch das Seitenfenster des neben ihm parkenden Autos zu sehen, ob sie dort kauerte. Er war zu langsam, sie hatte gesehen, was er vorhatte, hatte sich tiefer geduckt, hockte unterhalb des Fensters. Er setzte sich wieder in Bewegung, lauschte, versuchte, den rauschenden Verkehr auszublenden, die Wortfetzen der Vorbeigehenden. Es knirschte. Er hörte ein Knirschen, es kam aus Richtung der Fahrzeuge am Seitenstreifen. Ein Knirschen, als würde vereister Schnee unter Schuhsohlen zertreten, ein Knirschen, das langsamer wurde, als er langsamer wurde. Sie lief neben ihm her. Verbarg sich hinter den Autos, lief neben ihm her, leicht in der Hocke, den Oberkörper weit hinabgebeugt, beobachtete ihn durch die Seitenfenster, die Heckscheiben. Atemlos, schwitzend, immer dicht bei ihm.

»Frau Potulski«, er wandte sich der parkenden Autoreihe zu, »Frau Potulski«, sagte er, sagte es streng, wartete, ob sie auftauchen, ihren Oberkörper aufrichten würde. Sie rührte sich nicht, blieb hocken.

»Ich sehe Sie«, sagte er. »Ich kann Sie sehen, Frau Potulski.« Er sagte es laut, sagte es auch in Richtung der Bäume, starrte die Straße hinab, den Saft konnte er noch ausmachen. Entschlossen ging er auf die Fahrban zu, auf eine schmale Lücke zwischen den Fahrzeugen, seine Sohlen zertraten knirschend harte Schneeklumpen, rutschten ab, als er über den kleinen Schneewall stieg, seitwärts zwischen den Stoßstangen durchging, er musste schnell sein, sonst würde sie ausweichen, sich hinter einen Kofferraum hocken, beinahe wäre er gefallen, stützte sich mit der Hand auf der Motorhaube ab. Er blickte die Autoreihe entlang, direkt neben ihm fuhren Fahrzeuge. Nichts. Jana Potulski war nicht zu sehen.

11.

Sie wartete nicht vor der Haustür, hatte sich nicht im Hauseingang untergestellt. Die Wohnungstür war geschlossen, der hellgraue Lack intakt, ohne die beiden breiten, parallelen Schrammen, die ein Stemmeisen hinterlassen hätte, ohne Bohrlöcher, rechts und links des Schlosses. Sie konnte einen Nachschlüssel angefertigt haben, der Hausschlüssel hing am Schlüsselbrett, sie hätte ihn nehmen können, zum Schlüsseldienst bringen, er versuchte sich zu erinnern, ob er sie lange genug aus den Augen gelassen hatte. Er schob den Schlüssel ins Schloss, drehte, zählte laut mit, drehte ein Mal, drehte zwei Mal, die Tür war doppelt verschlossen, wie immer.

Er machte sich nicht die Mühe, das Licht im Flur anzuschalten. Er ging ins Wohnzimmer, die Tasche stand noch immer vor der Couch auf dem Boden, aus unerfindlichen Gründen war er erleichtert.

Er zog den Mantel nicht aus, nahm die Mütze nicht ab, seine Zehen schmerzten vor Kälte. Ließ sich auf die Couch fallen, schloss die Augen, hörte zu, wie seine Zähne rasend schnell aufeinanderschlugen. Vor ihm auf dem Tisch lag noch immer der Bildband, sie hatte ihn nicht weggeräumt. Ein Tropfen lief über sein Gesicht. Schnee schmolz auf seiner Mütze, er nahm sie ab, legte sie neben sich auf das Polster, schloss erneut die Augen. Er hatte nichts gegessen, die Brote waren noch in der Fototasche. Die Tasche stand im Flur, er müsste nur aufstehen und sie holen, er blieb sitzen. Nicht einmal den Tee hatte er getrunken. Wenn er an das altbackene Graubrot dachte, von der Butter durchweicht, verspürte er Widerwillen.

Schließlich beugte er sich vor, griff nach ihrer blauen Tasche, der Reißverschluss leistete keinen Widerstand, schnurrte auf. Zuoberst lag das schwarze T-Shirt, nicht zusammengelegt, er drückte sein Gesicht in den weichen Stoff, sog Waschmittelgeruch ein und etwas Herbes. Eine türkise Haarbürste, gelbliche Haare in ihr verwebt, die Plastikborsten mit einer grauen Schicht aus Staub und Fett überzogen. Auf dem Griff Reste einer Aufschrift, *InStyle* hatte dort gestanden, in Schwarz, das half nicht weiter, solche Bürsten konnte man in jedem Supermarkt Europas kaufen. Er legte die Bürste auf den Couchtisch, hob das T-Shirt auf und legte es daneben. Der weiße BH sah seltsam aus in seinen schwarzen Lederhänden, hell und zerbrechlich, ungeduldig zog er an den Fingern der Handschuhe, warf sie achtlos zu Boden. Kein Herstelleretikett, nur ein Schildchen, auf dem *85 C* stand, er legte den BH zu den anderen Sachen, richtete sie akkurat an der Tischkante aus. Zwei Unterhosen, eine davon unbenutzt, eine Flasche, auf der *Bodylotion* stand, sie roch nach Vanille, ein Paar Tennissocken, getragen, eine dunkle Hose, ein Paket Pflaster, das ungeöffnet aussah, sonst nichts. Er öffnete die Schachtel mit den Pflastern, *sechsunddreißig Stück* stand auf der Packung, er zählte sie, es fehlte keins. Sie hatte wenig Gepäck für jemanden, der auf den Weg in den Urlaub gewesen war.

Beim Aufstehen stieß er mit der Ferse gegen den Telefontisch, der Hörer rutschte von der Gabel, leise hörte er das Freizeichen. Vielleicht sollte er die Polizei anrufen, die Krankenhäuser, er schob den Hörer wieder auf den Apparat.

Dort, wo er gesessen hatte, war einer nasser Fleck auf der Couch. Bestimmt musste das Leder eingefettet werden, und trocknen müsste man es vorher, das konnte sie erledigen, wenn sie wieder da war, sollte sie zusehen, wie sie den Fleck wegbekam.

Er ging im Bad nachsehen, die Haustür stand offen, einen Augenblick stand er im Flur, spähte ins dunkle Treppenhaus, ob sich jemand bewegte, sie sich bewegte, doch da war nichts. Er drückte die Tür zu, schloss ein Mal, schloss zwei Mal ab und steckte den Schlüssel in die Hosentasche.

Ihre Zahnbürste, hellgrün, stand im Zahnputzbecher auf dem Waschbeckenrand, er nahm sie in die Hand. Die Borsten weiß und gerade, er drückte sie mit dem Daumen zusammen, er hatte seine Hände nicht gewaschen, drückte sie noch mal zusammen, den ganzen Tag nicht, anmutig bogen sich die Borsten zur Seite. Sie hatte gesagt, sie sei überfallen worden, er hatte sie gar nicht danach gefragt.

Er sah auf, in den Spiegel, schwarzer Mantel, schwarze Mütze, seine Augen größer als sonst, mehr gelblicher Augapfel war sichtbar, durchzogen von einem roten Netz. Er nahm die Mütze ab, sie hinterließ eine Linie auf seiner Stirn, die sich in den Haaren fortsetzte, er ließ die Mütze fallen. Seine Augen weit aufgerissen, er rieb mit den Fingern über die Mützenlinie, aufgerissen, als hätte er Angst. Entweder hatte sie nicht geplant wegzulaufen, oder sie benötigte die Sachen nicht. Er wusste nicht, ob sie die Adresse kannte, genannt hatte er sie ihr nicht.

Er duschte lange, drehte das heiße Wasser voll auf, wollte die bleiche Kälte aus seinem Körper spülen. Er blieb still stehen unter dem Strahl, bis seine Haut dunkelrot war und Adern lila hervorquollen, wo eben noch glatte Haut gewesen war. Seine Füße waren geschwollen, die Hände auch, als er aus der Dusche stieg und die Heizung aufdrehte.

Die Haare rieb er mit dem Handtuch trocken, bis er bemerkte, dass es ihr Handtuch war. Unschlüssig besah er es, verspürte keinen Ekel, rubbelte weiter, das Handtuch roch nach Waschmittel. Er zog eine trockene Hose an, trockene Socken, seine Füße waren wieder ganz weiß, als fehle das Blut in ihnen.

Im Kühlschrank fand er einen Topf, einen Topf mit Deckel, Kondenswasser perlte an ihm herab, als er ihn herausnahm. Es war die restliche Kartoffelsuppe, sie roch gut, sein Magen zog sich begehrlich zusammen. Er nahm den Topf und trug ihn ins Bad, schüttete die Suppe in die Toilette, sah zu, wie sie sich mit dem Spülwasser vermischte.

Er würde sie nicht suchen, er ging in den Flur und holte die Fototasche, er würde die Bilder entwickeln, stellte die Tasche auf den Küchentisch, klappte sie auf und nahm die Brote heraus. Jana Potulski war sicher hungrig, Jana Potulski war weggelaufen, er würde die

Brote alleine essen. Vorsichtig holte er die Ausrüstung aus der Tasche, Tee war auch noch da.

Er war nicht sicher, ob er in der Dunkelkammer die Türklingel hören würde. Sie hing über der Haustür, er müsste die Leiter holen, und ob sich die Klingel lauter stellen ließ, wusste er nicht. Er dachte an den harten Dielenboden, die braunpudrige Wolke, ihren stummen Blick, als sie es aufgewischt hatte. Sollte sie doch warten, sie war weggelaufen. Er schloss die Dunkelkammertür so heftig, dass sie wieder aufschwang, »Scheiße«, brüllte er. Er würde nicht zum Pfarrgarten fahren und nachsehen, ob sie dort stand und wartete. Er würde nicht feststellen, ob der Bürgersteig leer war, ob der Saft noch dort war, auf dem fleckigen Schnee im orangenen Licht der Laternen.

Er entwickelte die Bilder, nach einer Weile hörten seine Hände auf zu zittern. Eine Zwölferserie hatte er gemacht, der restliche Film war leer, das kümmerte ihn nicht.

Kurz vor vier kam die Müllabfuhr. Er hörte die Klingeln in den leeren Wohnungen schrillen, hörte den Ton näher kommen, sich stockwerkweise herantasten. Er wusste, es war die Müllabfuhr, sie kam am Nachmittag, die Post vormittags, einmal die Woche klingelte jemand und wischte den Hausflur. Er erschrak trotzdem, als der Kasten neben seiner Tür losschrillte, zuckte zusammen wie ein Tier, eine Nadel fuhr zwischen seine Rippen. Er fragte, wer da sei, in die Gegensprechanlage, seine Stimme atemlos, als sei er gerannt. »Müllabfuhr«, antwortete ein Mann. Er war enttäuscht, rührte sich nicht, seine Finger berührten den Knopf des Summers, drückten ihn nicht herab, es klingelte erneut. Er wandte sich ab, drückte nicht den Summer, lauschte dem Sichentfernen des Klingelns.

Er nahm den Berliner Dom von der Leine, öffnete vorsichtig die Klammern, drückte die Enden sorgsam zusammen. Er holte den Bleistift aus der Dunkelkammer, hatte sich angewöhnt, das Datum der Aufnahme auf der Rückseite zu notieren. Er zögerte, stützte die Hand mit dem Stift auf der Tischplatte auf, musste nachrechnen, die Regenfotos hatte er vorher gemacht, danach war er nach Frankfurt/Oder gefahren. Er sah zum Kalender, Almhütte mit rosa Blüten, das half nicht, er war nicht sicher, welcher Tag heute war. Er warf den Stift auf die Arbeitsplatte, die Spitze brach ab, er schob die Fotos zu einem Stapel zusammen, kümmerte sich nicht um Kratzer, legte den Stapel auf die Fensterbank, das Papier würde sich wellen, Kälte und Feuchtigkeit, auch das kümmerte ihn nicht. Er ging den Pfarrgarten holen, klemmte ein Bild nach dem anderen an die Wäscheleine. Eine Aufnahme, die er ganz am Anfang probehalber gemacht hatte, hatte einen unregelmäßigen dunklen Streifen am oberen Rand. Der Schirm. Er berührte ihn mit dem Finger, strich über die noch klebrige Oberfläche, die Rillen seiner Fingerkuppe zeichneten sich auf dem Dunklen ab. Das machte nichts, er würde das Bild wegwerfen, es war Unsinn gewesen, es überhaupt zum Trocknen aufzuhängen.

Als er fertig war, nahm er den Kalender von der Wand. Das Papier war dünn, leistete wenig Widerstand, er hätte es sich anstrengender vorgestellt, er war enttäuscht, sah zu, wie seine Hände die Almhütte zerrissen, die rosa Blüten rechts und links. Die Schnipsel warf er in den Mülleimer, die untere Hälfte, den eigentlichen Kalender, ließ er ganz, legte ihn zur Ausrüstung auf den Tisch.

Er zog einen der Stühle zum Küchenfenster, das Licht ließ er aus, sonst spiegelte die Scheibe. Er konnte die ganze Straße überblicken, sie kam nicht. Er verschränkte die Arme auf dem Fensterbrett, hätte gern seinen Kopf auf die Arme gelegt, die Augen geschlossen. Seine Augen waren trocken vor Müdigkeit, die Augäpfel fühlten sich rau an, wenn die Lider beim Blinzeln darüberglitten, die Lidränder brannten. Sie kam nicht. Er wollte nur kurz den Kopf ablegen, ihn nicht mehr hochhalten müssen, die Muskeln in seinem Nacken waren hart, er presste die Fingerspitzen dagegen, sie gaben kaum nach, schmerzten, wenn er den Kopf zu Seite drehte. Die Augen schließen, er wagte es nicht, kurz den Kopf auf die Arme legen, er war müde und unter ihm nur leerer Bürgersteig. Er würde einschlafen, den Augenblick verpassen, in dem er handeln musste, das Fenster aufreißen, hinabrufen, hinabrufen, so laut er konnte, er räusperte sich. Er würde schlafen, und sie würde langsam die Straße entlangkommen, die Eingänge mustern, versuchen, seinen Eingang wiederzuerkennen. Es gab mehrere gelbgestrichene Häuser in der Straße, wenn sie sich an die Farbe erinnerte, müsste sie nur noch die Klingelbretter absuchen, Mildt hieß er, das hatte er ihr gesagt. Er glaubte nicht, dass noch ein Mildt in einem der gelben Häuser wohnte, aber sicher war er natürlich nicht.

Unter *O* fand er nichts, nicht einmal einen Verweis, sie standen unter *N* wie *Notunterkünfte*, für Berlin-Mitte war nur eine Rufnummer angegeben. Lange starrte er den Hörer an, bis plötzlich seine Hand vorschnellte, abnahm, wählte.

»Ja«, fragte eine Frauenstimme, ohne Begrüßung, ohne ihren Namen zu nennen, er überlegte, ob er auflegen sollte.

»Ist Frau Potulski bei Ihnen«, fragte er stattdessen, »Jana Potulski, sie ist Polin«, setzte er hinzu. Einen Moment war es still.

»Dazu kann ich Ihnen aus Datenschutzgründen keine Auskunft geben«, antwortete sie.

»Ich will nur wissen, wo sie abgeblieben ist, nichts weiter, sie kann bei Ihnen bleiben, ich will nur wissen, ob sie da ist«, sagte er, seine Stimme klang bittend, als würde er gleich weinen, stellte er erstaunt fest.

»Ist die Dame denn obdachlos«, fragte sie.

»Sie ist keine Dame«, antwortete er und legte auf.

12.

Er träumte von seinem Schichtleiter. »Stimmen Sie der Aufnahme in das Schwarzfahrerregister zu«, fragte der Schichtleiter und lächelte. Er antwortete nicht, hatte sich nur gewundert, woher das Summen kam, das er unentwegt hörte. An mehr konnte er sich nicht erinnern.

Er träumte von ihr.

»Guten Morgen, Hermann«, sie stand in der Tür, sie trug kein Tablett, sie trug die blaue Tasche vor sich her, die Tasche lag auf ihren Unterarmen, ihre Handflächen zeigten nach oben.

»Ich will nicht«, sagte er, »ich will nicht«, während er sprach, versuchte er sich zu erinnern, was er nicht wollte, es fiel ihm nicht ein.

Sie sah ihn stumm an. Er trat in die Bettdecke, glatter Widerstand. Er trat ins Leere, bis seine Beine strampelten, seine Zehen ans Fußteil des Bettes stießen, er rutschte tiefer, stampfte die Wut ins Holz, das dumpfe Bullern beruhigend. Sie stellte ihre Tasche auf den Boden, blieb an der Bettkante stehen, beugte sich über ihn. Jana Potulski nahm das zweite Kopfkissen, streckte die andere Hand aus, ihre gut gepolsterte Hand, und berührte kurz seine Wange. Ihre Finger waren warm.

»Gut«, sagte sie und hob das Kissen. Vielleicht wollte sie es ausschütteln, doch es kam auf ihn zu, senkte sich weiß und bauchig. Er wollte es mit der Hand wegschieben, was tat sie denn, das Kissen war viel zu nah.

Er sog Luft ein, sog kleine Partikel, sog Staub, Stofffasern des Kissens mit ein, fühlte, wie sie schnell seine Nasenlöcher hinaufschossen, sich auf die Innenwände legten, an den Schleimhäuten klebenblieben. Er wollte nach ihr greifen, aber da war nichts, als hätte sie keine Arme, die das Kissen in sein Gesicht drückten. Er riss den Mund auf, Weiches drang in seine Mundhöhle vor, der Stoff schmeckte schal.

Als er aufwachte, konnte er nicht atmen. Er hustete, fühlte zähen Schleim in seiner Kehle, jedes Keuchen schleuderte ihn ein Stück höher. Der Schleim wanderte die Luftröhre hinauf, in seinen Rachen, in seinen Mund. Er spuckte aus, spuckte in seine Handfläche, auf dem Nachttisch lagen keine Taschentücher, er wischte die Hand an der Bettwäsche ab.

Was würde sie mit ihm anfangen? Sie würde ihn liegen lassen, weglaufen, die Haustür zuschlagen. Nein. Zuvor würde sie alles abwischen, jeden Hinweis beseitigen, dass sie jemals in seiner Wohnung gewesen war, bei ihm gelebt hatte. Die Tür würde sie leise schließen und still die Treppe hinabgehen. Sie würde ihn liegen lassen, bis die Insekten kamen. Zuerst die Fliegen, durch irgendeine Spalte würde eine Fliege in die Wohnung eindringen, war vielleicht schon da. Würde ihre Eier legen in Ohren, Nase, Mund, er würde mit offenem Mund sterben, die Zunge in den Rachen gestaucht, die Zähne gelb und trocken. Weiß getrockneter Speichel, um die Lippen, in den Mundwinkeln, im Rachen und auf der Zunge. Mit offenem Mund und offenen Augen, Einfallstore für die Insekten, unablässig ihn umkreisend, flügelschlagend, Eier legend auf ihm, über ihm, in ihm.

Er zog die Knie an, zog sich zusammen, das Bett vibrierte, bemerkte er erstaunt. Nein, sein Körper vibrierte, zitterte, er konnte keine Tränen fühlen, presste die Wangen gegen seine Handrücken, seine Wangen waren trocken. Sein Körper wurde steif, krampfte, er presste die Zähne zusammen, konzentrierte sich auf den Druck zwischen den Kauflächen, »Polackin«, wimmerte es zwischen seinen Vorderzähnen hindurch, »gottverdammte Polackin.«

Er blieb liegen, bis sich der Tag durch die Vorhänge abzeichnete. Zwei kleine helle Quadrate oben, zwei größere unten und in der Mitte, dunkel, das Fensterkreuz.

Nach dem Duschen machte er Tee, blieb neben dem Kessel stehen und wartete, bis das Wasser kochte. Auf dem Küchentisch lag noch immer die Ausrüstung, er hatte keine Lust, sie in die Dunkelkammer zu bringen, den Tisch freizuräumen. Vorsichtig nahm er die Tasse am Henkel, die Holzflächen im Wohnzimmer glänzten gewischt, vier Streifen auf einem der Regalbretter, er setzte sich auf die Couch, neben den dunklen Fleck vom Vortag. Das Leder fühlte sich nicht mehr nass an, seltsam steif nur. Er pustete in den Tee, warme Feuchtigkeit legte sich dünn auf seine Wangen, wurde kalt auf seiner Haut, er wischte sie mit dem Pyjamaärmel ab.

Vor ihm, fein säuberlich aufgereiht wie Vorwürfe, lagen ihre Sachen. Auf dem Boden unter dem Couchtisch die Tasche. Er berührte das T-Shirt, die Bürste, strich mit dem Finger über sie, als würde er sie streicheln. Sammelte die Sachen ein, tat sie in die Tasche und trug alles in die Küche. Nach dem Lineal musste er lange suchen, fand es schließlich im Sideboard im Wohnzimmer, legte es auf den Küchentisch. Legte es möglichst gerade hin, akkurat an der Tischkante ausgerichtet. Zuerst nahm er die Bürste, tat sie neben das Lineal und holte einen Farbfilm. Er musste nahe ran, damit die Zentimetereinteilung des Lineals erkennbar war, zog die Vorhänge zu, er wollte keine Lichtreflexe auf dem Bürstenstiel. Sein Zeigefinger drückte den Auslöser, der Auslöser klackte, spannen, klack, spannen, klack, spannen. Er fotografierte alles, von mehreren Seiten, als Letztes die Tasche, sie war so groß, dass er auf das Lineal verzichten musste.

Es war Unsinn, was er tat, er wusste, es war Unsinn, was sollte er mit den Bildern anfangen.

Er versuchte es mit dem grünen Sessel, sich hinsetzen, sitzen bleiben, die Zeitung von der ersten Seite bis zur letzten lesen, jedes Bild, jeden einzelnen Buchstaben, jede Zahl, wenigstens mit den Augen streifen. Sitzen bleiben, sie würde wiederkommen, frieren, hungrig sein, dankbar vielleicht. Die Zeitung zitterte in seinen Händen, auch noch, als er die Ellbogen auf den Sessellehnen aufstützte. Schließlich gab er auf, las die Zeitung im Gehen, Blatt für Blatt, den Teil, den er noch zu lesen hatte, unter einen Ellbogen geklemmt. Nach einer Weile begann die Muskulatur der Schulter zu krampfen, dann wechselte er unter den anderen Ellbogen. Zwischen Zeitung und Bauch konnte er seine Füße sehen. Der linke bewegte sich vorwärts, weinroter Pantoffel. Das Leder über den Zehen zu Wülsten zusammengeschoben, die Falten hellgescheuert. Er hatte keine Socken angezogen, die Haut an seinem Knöchel war weiß, vereinzelt nur von Haaren bewachsen, an den Seiten dunkle Adern, die unter der Fußsohle verschwanden. Er verlagerte sein Gewicht nach vorn, verwundert, dass der Knöchel es trug. Der andere Fuß bewegte sich vorwärts, weinroter Pantoffel, geschwollene Adern an der Innenseite, auf dem Spann, die Wülste des Pantoffels hellgescheuert.

Die Blätter, die er durchgelesen hatte, ließ er einfach fallen. Die meisten landeten ausgebreitet und flach auf dem Boden, andere falteten sich im Fallen ein wenig zusammen, bildeten Zelte auf den Dielen. Bis er das nächste Mal vorbeikam, seine Pantoffeln sie flachtraten, seine Schritte sie beiseiteschoben, an den Rand zu den Wollmäusen. Er lauschte dem sanften Geräusch, mit dem die Pantoffelsohlen auf den Dielen aufsetzten, dem kurzen Klatschen, mit dem sie wieder an seine Ferse zurückschnellten, der Rhythmus sehr gleichmäßig und seltsam beruhigend. Er las die Brandenburgseiten, die Polizeinachrichten, nichts.

Frau Potulski, schrieb er, *ich werde heute Abend wiederkommen, warten Sie, ich komme wieder, H. Mildt*. Er war nicht unzufrieden, legte den Zettel beiseite, nahm einen neuen.

Liebe Frau Potulski, schrieb er, *es war falsch wegzulaufen, dennoch bin ich bereit zu verzeihen. Ich werde am Abend wieder zu Hause sein, Sie warten am besten vor der Tür, dort können Sie sich unterstellen, herzlich Hermann Mildt.* Er wusste nicht, ob sie Deutsch lesen konnte oder nur sprechen, er hatte nicht gefragt, Potulski unterstrich er doppelt, damit sie es auch sah.

Zuerst klebte er den Zettel mit Tesafilm an sein Klingelschild, Mildt war schlecht zu lesen unter dem Klebestreifen. Er musste noch einmal hochgehen, in seine Wohnung, die Reißzwecken fand er im Sideboard. Er heftete den Zettel fest ins Holz der Haustür. Der Rücken der Reißzwecke hinterließ einen dunkelroten, schmerzenden Kreis auf seinem Daumen, auf dem Weg zur U-Bahn rieb er mit dem Zeigefinger drüber, bis der Schmerz allmählich nachließ.

13.

Der Saft war weg. Das bedeutete nicht, dass sie zurückgekehrt war, die Stadtreinigung oder ein Obdachloser konnten ihn entfernt haben. Den Schnee hatte der Regen fast weggewaschen, Streusand, aufgeweichten Müll und Kot auf dem Bürgersteig verstreut. Er suchte die Stelle, an der er gestanden hatte, suchte die verbliebenen Schneeinseln nach den vier gestanzten Löchern des Stativs ab. Das war Unsinn, er suchte dennoch.

Der Wind ging in Böen. Sie fuhren unter den Schirm und zerrten, seine Handschuhe regenfeucht und rutschig, stülpten ihn um, schließlich klappte er den Schirm zusammen. Er konnte den ganzen Park überblicken, ein Radfahrer mit rotem Plastikumhang fuhr durch eine Pfütze, braunes Wasser spritzte auf, sonst niemand, die Wege und Bänke menschenleer. Er würde nicht suchen, er würde nur ein Stück die Liebknechtstraße entlanggehen. Die Böen drückten Regen in den Wollstoff seines Mantels, in seinen bloßen Nacken, in sein Gesicht. Regen tropfte vom Schirm seiner Mütze, er musste immer wieder die Augen zukneifen. Er versuchte, sein Gesicht mit dem Mantelärmel abzuwischen, der Ärmel war mit winzigen Tröpfchen übersät, Wasser lief seine Schläfen entlang, die Wangen hinab in seinen Kragen. Er blieb stehen. Drehte sich einmal um die eigene Achse.

Sie stand still, inmitten sich drängender Menschen auf der anderen Straßenseite, inmitten des Regens und der Windböen stand sie still. Stand am Rand des Bürgersteigs, eine Hand auf den hellgrauen Stromkasten gelegt, die andere hing herab. Sie sah ihn an. Rührte sich nicht, als er vorsichtig die Hand hob, drehte sich nicht um, verschwand nicht eilig. Hob nicht die Hand zum Gruß und nickte nicht mit dem Kopf.

Etwas Rotes nahm ihm die Sicht. Der 100er Bus klappte seine Türen auseinander, er stand an einer Haltestelle, Ein- und Aussteigende schoben sich ineinander, stießen an seine Schultern, berührten seine Arme, versperrten ihm die Sicht, er versuchte, zwischen ihnen eine Lücke zu finden, durch die er die andere Straßenseite sehen konnte.

Jana Potulski war noch da, sah ihn an und lächelte nicht. Sah ihn an, als würde sie warten, dass er die Straße überquerte und zu ihr käme. Er schüttelte den Kopf, schüttelte übertrieben stark den Kopf, damit sie es auch sah. Nein. Er würde nicht zu ihr kommen, würde nicht am Kantstein warten, bis der Verkehr nachließ, um dann schnell zu sein und die Fahrbahn hinabzuspähen, ob nicht doch ein Auto kam. Während sie jede seiner Bewegungen beobachtete, reglos gegen den Kasten gelehnt. Sein Gesicht musterte, nachsah, ob er Angst hatte. Schwach war. Nein.

Er schüttelte erneut den Kopf. Als sie sich nicht bewegte, drehte er sich um, drehte ihr den Rücken zu, damit sie verstand. Auf der Grünfläche neben der Kirche hockte ein Hund und kackte angestrengt. Den Besitzer konnte er nicht entdecken, angeekelt drehte er sich wieder um, wollte nachsehen, was sie tat. Sie war weg. Der Stromkasten war da, hellgrau und mit Plakatresten beklebt, die Stelle daneben, auf der sie eben noch gestanden hatte, leer. Panisch wandte er den Kopf, kniff die Augen zusammen. Sie stand mitten auf der Liebknechtstraße, Fahrzeuge fuhren vor und hinter ihr. Er atmete aus. Laut und hörbar aus, langsam überquerte sie die letzte Fahrbahn, nur wenige Meter von ihm entfernt. Sie kam auf ihn zu, ihre Turnschuhe grau durchweicht mit braunen Dreckringen, der Stoff ihrer Hose schwerfällig vor Nässe, der Wind presste ihn gegen ihre Beine, so fest, dass sich die Kniescheiben abzeichneten. Sie hatte ihre Kapuze aufgesetzt, eine Haarsträhne klebte an ihrer Schläfe, wand sich die Wange hinab. Sie blieb dicht vor ihm stehen.

»Mir ist kalt«, sagte sie. »Gehen wir«, sagte sie. Sie drehte sich um, sah in Richtung U-Bahn-Station, braune Lehmdreiecke, strahlenförmig angeordnet, auf ihrem beigen Jackenrücken, als hätte sie auf dem Boden gesessen, auf feuchtem Lehmboden.

»Wo haben Sie geschlafen«, fragte er.

»Ich habe nicht geschlafen«, ruhig erwiderte sie seinen Blick. »Kommen Sie, gehen wir nach Hause.«

Sie hakte sich bei ihm unter, er starrte hinab auf ihrer beider Unterarme, ineinander verschränkt. Sie versuchte ihn zu ziehen, ein wenig nur, er verlagerte sein

Gewicht nach hinten auf die Fersen. Drückte die Knie durch, machte sich so schwer er konnte. Sie sah ihm ins Gesicht, ihre Augäpfel gerötet, die Lider auch, die Haut darunter dunkelviolett. Müde sah sie aus.

»Warum sind Sie dann hergekommen«, fragte sie.

Er hätte die Tasche mitnehmen sollen, dann könnte er behaupten, er sei zum Fotografieren hier. Er antwortete nicht. Setzte sich langsam in Bewegung, als sie stärker zog,

»Meine Sachen sind auch noch bei Ihnen«, sagte sie, »mein Pass wird an Ihre Adresse geschickt.«

In den Straßen am Alexanderplatz drängten sich Menschen in Bürokleidung, suchten nach freien Plätzen in den Restaurants. Sie zwangen ihn, stehen zu bleiben, Frau Potulski dicht bei ihm. Sein Mantel durchweicht, die Hose klebte an seinen Schienbeinen, Frau Potulski schwieg, stand neben ihm und wartete geduldig.

»Entschuldigung«, sagte er, versuchte sich an einer Gruppe vorbeizudrängen. Als sie sich nicht rührten, drückte er einer Frau die Spitze des Schirmes in den Rücken, sie schrie auf.

»Unmöglich«, sagte er, sagte es laut. Frau Potulski entschuldigte sich leise, am liebsten hätte er den Schirm genommen und der Frau die Spitze ins Gesicht getrieben, in die hellrot geschminkte Wange.

Bei den Fahrkartenautomaten blieb er stehen, sie bemerkte es nicht, ging einfach weiter.

»Brauchen Sie keine Fahrkarte?«, rief er ihr hinterher.

Sie drehte sich um, sah ihn an, sah zum Automaten, sah wieder ihn an, er rührte sich nicht.

»Was erwarten Sie?«

»Bitte. Sagen Sie einfach bitte. Bitte, Herr Mildt, könnte ich Geld für eine Fahrkarte haben.«

Sie hielt die Hände vor ihren Mund, behauchte die Fingerspitzen, versuchte sie zu wärmen.

»Bitte, bitte, lieber Herr Mildt«, sagte sie schließlich mit Kinderstimme, legte die Handflächen vor der Brust aufeinander, senkte den Kopf und sah zu ihm hoch, »bitte, bitte, lieber Herr Mildt, bezahlen Sie mir eine Fahrkarte?«

Er antwortete nicht, berührte den Bildschirm, *zwei Euro zehn*, warf die Münzen ein, das Licht im Ausgabefach leuchtete auf, Jana Potulski rührte sich nicht, er machte eine Kopfbewegung in Richtung Automat, sie streckte den Arm aus, nahm die Fahrkarte aus dem Fach.

»Danke«, sagte er, »danke schön, Herr Mildt.«

Sie beachtete ihn nicht, schweigend schob sie die Karte in den Entwerter.

Die U-Bahn war voll, sie standen dicht beieinander, hielten sich an einer Stange fest. Jana Potulski gähnte, gähnte unentwegt. Er konnte schwarze Füllungen sehen, roch ungeputzte Zähne. »Hand vor den Mund«, sagte er, die anderen Fahrgäste sahen ihn an.

Sie schwieg, lehnte ihre Stirn gegen die Haltestange und schloss die Augen.

14.

»Für mich«, fragte sie, deutete auf den Zettel an der Haustür.

»Nein«, er zog an dem Papier, die Reißzwecke blieb stecken, er würde sie später aus dem Holz ziehen müssen.

Er öffnete die Wohnungstür, ließ ihr nicht den Vortritt, es war warm im Flur, Jana Potulskis Schritte dicht hinter ihm, leise schloss sie die Tür. Er hörte den Reißverschluss ihrer Jacke, sie zog ihn herab, er tat den Schirm zum Abtropfen in die Badewanne, seine Mütze hängte er über den Wasserhahn. Frau Potulski kniete vor der Garderobe, löste die Senkel ihrer Turnschuhe, musterte die Zeitungsblätter auf den Dielen im Flur, im Wohnzimmer. Neben ihr auf dem Boden lag ihre Jacke, er hob sie auf, hängte sie an den Haken, an dem sonst der Schirm hing. Ging schweigend in die Küche, seine Schuhe hinterließen streusandbraune Abdrücke auf den Dielen, auf dem weißen Linoleum, er lehnte sich an die Spüle.

»Meine Sachen«, ihre Stimme klang erstaunt. Das Lineal war noch immer an der Tischkante ausgerichtet, Wäsche, Haarbürste, ihre Badezimmerutensilien auf Tisch und Stühlen verteilt. Sie streckte die Hand aus, schloss die Finger um ein Stück Stoff, um ihre Unterhose, so, dass sie nicht mehr zu sehen war. Sie blickte ihn an, als habe er etwas getan, etwas Schlimmes getan, ihre Hand verschwand in der Jackentasche, war leer, als sie wieder herauskam. Sie griff nach der Bürste, drückte sie gegen ihren Bauch, »was haben Sie mit meinen Sachen gemacht?«

Sie ging an ihm vorbei, strich mit der Hand über die Platte des Küchentischs, musterte seine Teetasse vom Morgen, die auf der Arbeitsplatte stand. Stellte die Tasse nicht in die Spüle, ging langsam auf den Pfarrgarten zu, blieb unter der Wäscheleine stehen und streckte eine Hand aus.

»Nicht anfassen«, sagte er.

Sie schnaubte, es klang beinahe wie ein Lachen, »ja, nicht anfassen«, wiederholte sie.

Die Tasse war halbvoll, auf dem Tee hatte sich eine dünne Haut gebildet, als er die Tasse anhob, zerfiel sie in eckige kleine Schollen, die im Licht regenbogenfarben schillerten. Er hielt die Tasse an seine Wange, der Tee war vollständig erkaltet, zögerte kurz, ob er ihn austrinken sollte, schließlich goss er ihn in den Abfluss.

Die blaue Tasche lag unter dem Küchentisch, sie hob sie auf, packte rasch T-Shirts, Hose, Pullover hinein, schüttelte den Kopf, als sie ihren Kulturbeutel unter der Hose entdeckte. Ihr Deodorant fiel heraus, rollte über den Boden, auf ihn zu, stoppte kurz vor seinen Schuhen, er bückte sich nicht. Drehte das warme Wasser auf, füllte die Tasse zur Hälfte, gab einen Tropfen Spülmittel hinein, nahm den Schwamm und begann den angetrockneten braunen Ring von der Innenwand zu reiben.

»Was Sie mit meinen Sachen gemacht haben?«, wiederholte sie, ihre Stimme lauter als zuvor.

Der Schwamm fuhr über den Tassenrand, er drehte das kalte Wasser auf und spülte den Schaum ab.

Sie tat das Deo in die Tasche, packte schnell und mit routinierten Bewegungen, sah sich um, als sie fertig war. »Verdammter Schnüffler«, sagte sie, wollte sich umwenden, wollte gehen.

»Was fällt Ihnen ein«, brüllte er. Brüllte es, so laut er konnte, Schleim wurde durch seine Luftröhre geschleudert, er musste husten, »nach allem, was Sie angerichtet haben.« Er griff nach ihr, bekam ihren Jackenärmel zu fassen, riss an ihm, riss, so kräftig er konnte, sie taumelte rückwärts in die Küche, musste sich an dem Stuhl festhalten, sonst wäre sie gestürzt.

Er ging in den Flur, er trug noch immer seinen Mantel, die Aufschläge der Ärmel nass und warm, rochen nach Spülmittel, er hatte gar nicht gemerkt, dass sie sich vollgesogen hatten, er schob die Knöpfe durch die Ösen, hängte den Mantel auf seinen Bügel. Er brauchte eine trockene Hose, trockene Socken, Pulloverkragen und Bündchen waren durchweicht, ebenso sein Hemdkragen, seine Schuhe.

»Schnüffler«, sie beugte sich vor, »perverser Schnüffler«, brüllte, ihr Mund so weit aufgerissen, dass er das Zäpfchen in ihrem Rachen hin und her tanzen sah.

»Was glauben Sie, wer Sie sind?«, er versuchte ihre Stimme zu übertönen, »und wer ich bin?«

Sie starrte ihn an, ihr Mund lächelte plötzlich. »Sie?«, sie stieß Luft aus, »Sie sind meine Strafe.« Sie lachte, als wäre es lustig, ihre Mundwinkel weit auseinandergezogen, ihre Zähne sehr weiß. »Gott ist gerecht«, sagte sie, er konnte sie kaum verstehen, sie lachte noch immer. Er wartete, wartete stumm, dass sie sich beruhigen, zu Verstand kommen würde. Sie atmete tief ein, ging an ihm vorbei, wollte in den Flur, braune Lehmdreiecke auf dem beigen Jackenrücken.

»Sie sind dreckig«, sagte er.

Sie blieb stehen, lehnte ihren Kopf an den Türrahmen, ihren Körper, als hätte sie keine Kraft mehr.

»Sie sind dreckig«, wiederholte er.

Sie hob kurz ihre Schultern, wattierte Jackenschultern, ließ sie mit einem Ruck wieder sinken.

»Sie sollten das auch tun. Büßen. Ihre Frau«, sagte sie, drehte sich nicht um.

»Kommen Sie«, er griff nach ihrem Arm, der Arm wehrte sich nicht, schoss nicht nach oben oder störrisch zur Seite. »Kommen Sie«, sagte er, zog an dem Arm, stieß ihn vorwärts. Sie setzte sich in Bewegung, ging neben ihm her, er schloss die Finger fester, wusste, er tat ihr weh.

Sie bockte nicht, ließ sich schieben, leicht schieben, durch den Flur. Ging vor ihm her, mit kleinen schnellen Schritten, als habe sie kein Gewicht. Als wenn er sie verletzen, ihr etwas anhaben könnte. Er hatte erwartet, sie würde sich wehren, widerborstig sein, sperrig, sich am Türrahmen festhalten, sich schwer machen, sich nach hinten werfen, mit ihrem ganzen Körpergewicht nach hinten werfen.

Er betrachtete ihren Nacken, ihre runden Schultern, hätte gern seine Hände auf sie gelegt, sie gestreichelt, zärtlich vielleicht. Ihr Rücken berührte seinen Bauch, er konnte ihre Körperwärme fühlen. Er war langsamer geworden, sie wandte den Kopf, drehte sich nach ihm um, musterte ihn, ihr Blick suchte sein Gesicht ab, er griff fester zu, schob energisch ihren Arm in Richtung Schlafzimmer. Sie stolperte, fing sich rasch, sah wieder geradeaus, sah das Bett an, sein Bett.

Ihre Socken hinterließen feuchte Fußabdrücke auf den Dielen, sie setzte sich auf die Bettkante. Saß stumm da, sah auf den Boden, ihre Schultern hingen herab.

»Weiter rauf«, sagte er.

Sie drehte sich um, betrachtete die zerlegene Decke, die Lakenfalten. Als sie sah, dass er sich nicht gerührt hatte, strich sie den Stoff mit der Hand glatt. Schließlich streckte sie ihre Arme nach hinten, stützte die Hände auf, zog sich weiter hinauf, zog die Beine nach. Saß da und sah ihn an, als würde sie warten.

»Ziehen Sie sich aus«, sagte er, sagte es eher versuchsweise, denn er war sicher, sie würde lachen, nach ihm schlagen vielleicht.

Doch so leicht sie eben im Flur gewesen war, so widerstandslos tastete sie nach dem Reißverschluss ihres Pullovers, er surrte leise, griff nach dem Saum und zog ihn hoch über ihren Bauch, das T-Shirt rutschte ein Stück mit. Sie trug wieder die beige Strumpfhose unter der Hose, den schwarzen BH, zog den Pullover über ihre Brüste, über ihren Kopf.

Er war am Bettende stehen geblieben, »weiter«, sagte er. Das T-Shirt blieb an ihrem Kinn hängen, sie zog mit erhobenen Oberarmen, ihre Achseln nicht rasiert, Baumwollstoff vor ihrem Gesicht. Er streifte die Schuhe von den Füßen, bückte sich nicht, um die Schnürsenkel zu öffnen, sondern trat die Hacken herunter und schlüpfte raus, das tat er sonst nicht, davon gingen sie kaputt. Den BH legte sie auf den Nachtschrank.

Ihre Hose hinterließ nasse, sandige Flecken auf dem Laken. »Sie machen die Wäsche schmutzig«, sagte er. Sie hob ihre Waden, legte sich auf den Rücken, ihre Oberschenkel angewinkelt, schob den Hosenknopf durch die Öse, den Reißverschluss hinab, er konnte ihre Unterhose sehen, weiß, unter beigem Nylon. Sie zog die Hose über ihre Hüfte, hakte ihre Daumen in die Strumpfhose und rollte sie mit herab, die Strumpfhose auch durchnässt, das Beige ab den Waden dunkler.

Er überlegte, ob er seine Hose öffnen, sein Hemd ausziehen sollte, zumindest die Socken. Sah sich nackt vor ihr stehen und frierend und bloß, er ließ es bleiben.

Deutete auf den verbliebenen Stoff, »ausziehen«.

Sie lehnte sich zurück auf ihre Ellbogen, hob leicht das Becken und schob die Unterhose hinab. Über ihre Oberschenkel, ihre Knie, sie öffnete sie nur Millimeter, so dass der Stoff zwischen ihnen durchpasste, so dass er nicht zwischen ihre Beine sehen konnte.

Sie legte sich auf den Rücken, die Beine übereinandergeschlagen, faltete die Hände über ihrem Bauch und sah zur Decke.

Das Schamhaar schütter, er konnte den Schamhügel erkennen, bleich und mädchenweich. Konnte sehen, wo drahtig Haare aus ihm wuchsen, über den Schamlippen dichter, schwarz gelockt, vereinzelt auch weiße darunter. Auf der linken Seite, eine knappe Handbreit unter der Bauchwölbung, war ein roter Strich ins

Fleisch gegraben, als sollte er die Grenze zwischen Bauch und Scham markieren. Eine Narbe, vielleicht zehn Zentimeter lang, ihr äußeres Ende am Hüftknochen gezackt, zum Bauchnabel hin wurde sie gerader.

Er nahm ihre Handgelenke, nahm beide in eine Hand, ihre Arme ließen sich widerstandslos nach oben biegen. Er beugte sich über sie, über ihr Gesicht, zog die Arme lang, drückte sie ins Kissen.

Sein Gesicht sehr nahe an ihrem, er lehnte sich weiter vor, stupste sanft mit der Nase gegen ihre Wange, sie drehte den Kopf zur Seite. Drückte eine Gesichtshälfte ins Kissen, seine Nase berührte ihr Ohr. Er musste sich strecken, reckte den Hals, so weit er konnte, erreichte nur ihren Mundwinkel, ihre Haut sehr weich. Ihre Lippen pressten sich zusammen, wurden hart unter seinen, sie drückte das Gesicht fester ins Kopfkissen, weg von ihm.

Er roch Schweiß, herb und stechend, sie hatte nicht geduscht. Strich die Innenseite der Arme hinab, durch die Ellbogenbeuge, über die Oberarme bis in ihre Achseltäler. Seine Finger kitzelten sie, sie zog die Beine an, er hielt inne. Langsam ließ sie die Knie sinken. Die Narbe zuckte leicht, als die Spitze seines rechten Zeigefingers sie berührte, die Muskeln unter ihrer Haut spannten sich, wurden fest und wieder schlaff. Die Narbe war warm, er fuhr sie langsam entlang in Richtung Bauchnabel, eine weiche Schnur unter seiner Fingerkuppe.

»Ich habe eine Tochter«, sagte sie.

Zuerst verstand er nicht.

Seine Hand bewegte sich hinab und weiter zur Mitte,

in ihren Schoß, wo die Haare dichter wurden. Weich ihre Haut und warm war sie, und glatt fühlte sie sich an. Auch wenn er Falten und Wülste und Dellen sah, unter seinen Fingerkuppen war die Haut glatt.

Seine Hand tastete seinen Bauch hinab zum Hosenbund, es dauerte, bis er den Knopf durch die Öse geschoben hatte. Der Reißverschluss, seine Fingerspitzen suchten nach dem Reißverschluss, er bekam ihn nicht zu fassen. Er stütze sich auf einen Ellbogen, hob den Unterleib ein wenig an, damit er sehen konnte. Sie sah ebenfalls hinab, der aufgestützte Arm begann unter seinem Gewicht zu zittern. Sie sah stumm zu, wie seine Finger umständlich den kleinen Metallanhänger zu fassen bekamen und hinabzogen. Der Reißverschluss surrte, gut hörbar in dem stillen Zimmer. Beinahe hätte er das Gleichgewicht verloren, wäre nach hinten gekippt, vom Bett gekippt, auf die harten Dielen. Sie verzog den Mund, als er schwankte, zog die Mundwinkel nach unten, mitfühlend, wie ihm schien. Ihre Hand schnellte vor, wollte ihn festhalten. Er fand das Gleichgewicht wieder, Feinripp quoll aus seinem Hosenschlitz, er konnte sein Glied spüren, schlaff und weich in seinem Schritt. Er versuchte sich zu konzentrieren, ein leichtes Kribbeln in der Leistengegend, fühlte, wie sich die Kauflächen seiner Backenzähne aufeinanderpressten, vergebens.

Er lehnte den Oberkörper zurück, sein Arm schmerzte vom Aufstützen, legte sich auf den Rücken, sah zur Decke, die Hose offen, das Glied schlaff. Hörte sie atmen, konnte fühlen, wie sich ihr Brustkorb hob und senkte, fühlte ihre Wärme neben sich.

Er drehte den Kopf. Sie fror, hatte Gänsehaut auf ihren Armen, auf Bauch und Oberschenkeln. Hatte die Hände hinter ihrem Kopf verschränkt. Sah ihn an. Lag ruhig neben ihm und erwiderte seinen Blick, blinzelte kaum. Schämte sich nicht ihrer Blöße, er betrachtete ihren Bauch, Dehnungsstreifen an den Seiten, die Narbe. Sie hatte gelogen. Sah müde aus, ihre Augäpfel waren gerötet, ihre Haare mittlerweile trocken. Er wollte etwas sagen, wusste nicht, was, räusperte sich.

»Wo ist Ihre Tochter?«

Sie sah hinab auf ihre Brüste, bedeckte die Brustwarzen mit den Handflächen, schob die Brüste zusammen, drückte sie nach oben.

»Sie putzt. In Rheinsberg«, sagte sie, ließ die Brüste wieder los, sie rutschten hinab, Richtung Bauchnabel.

»Bei der gleichen Familie?«

»Ja«, Jana Potulski griff nach der Decke, wollte sie hochziehen, ihre Hand stockte, »nein«, sagte sie. Er sah sie an und wartete, doch sie deutete stumm auf ihre Unterhose. Die Unterhose klemmte unter seinem Oberschenkel, er zog sie hervor.

»Ich dachte, Sie haben keine Kinder. Nicht verheiratet, keine Kinder?«

Sie blickte nicht auf, sondern sah zu, wie ihre beiden Füße durch die Öffnungen der Unterhose schlüpften, sah zu, wie der Stoff über die Adern und Dellen ihrer Oberschenkel glitt, über ihre Hüfte, bis er ihren Schoß bedeckte.

»Ich hab Hunger«, sie stellte sich neben das Bett, ihre Brüste pendelten hin und her.

Er streckte die Hand nach ihnen aus. Sie wich zurück, reckte sich, die Arme hoch über dem Kopf, gähnte, laut und mit offenem Mund. Sein Blick fiel auf seine Hose, sie war noch offen, er schob den Stoff der Unterhose wieder hinein, zog den Reißverschluss zu.

»Grieß?« Sie sah ihn an, freundlich, wie er fand, »süß?« Sie nahm den Bademantel von der Stuhllehne, ihre Arme fuhren hinein.

»Das ist meiner«, sagte er.

Sie lächelte ihm zu, »ich weiß.« Sie richtete den Kragen, er bekam das Ende des Gürtels zu fassen, »hey«, sie zog an dem Gürtel, ein wenig nur, als würden sie spielen.

»Das ist meiner«, wiederholte er, wickelte das Gürtelende um seine Hand. Sie ließ den Bademantel von ihren Schultern gleiten, lautlos landete er auf den Dielen, nahm das T-Shirt vom Fußende und zog es beim Hinausgehen über ihren Kopf. Im Flur bückte sie sich und sammelte die Zeitungsseiten vom Boden.

15.

Es fiel ihm schwer zu urinieren, er brauchte lange, drehte den Wasserhahn am Waschbecken auf, damit sie ihn in der Küche nicht hörte.

Ein Topf stand auf dem Herd, sie hatte eine trockene Hose angezogen. Nahm eine gelbe Pappschachtel aus dem Küchenschrank, *Grieß,* las er, sie ließ den Inhalt in die Milch rieseln, ihre andere Hand rührte mit dem Schneebesen. Er stellte sich dicht hinter sie, lehnte mit der Hüfte an der Arbeitsplatte, sie sah sich nicht um.

»Es hat immer funktioniert«, sagte er leise zu ihrem Nacken, »es lag nicht an mir«, sagte er.

»Was?« Milch tropfte vom Schneebesen auf den Boden.

»Dass sie keine Kinder gekriegt hat«, er nahm das Küchentuch, bückte sich und wischte die Milch auf. Sie antwortete nicht, sah nur in den Topf, schließlich drehte sie die Flamme aus.

Er nahm den Schneebesen und rührte in dem körnigen Brei. Sie hatte sich hingesetzt, ihre Ellbogen auf die Tischplatte, ihre Stirn in beide Handflächen gestützt.

»Er muss ziehen, lassen Sie das«, sie hob den Kopf nicht, ihre Augen blieben geschlossen, »seien Sie artig und setzen Sie sich hin.«

Er ließ den Schneebesen in den Topf fallen, musste an seinen Hosenschlitz denken, den hervorquellenden Baumwollstoff, sein schlaffes Glied.

»Sie sind ja auch nicht sonderlich ansehnlich«, sagte er.

Sie gähnte nur, hielt die Hand nicht vor den Mund.

»Ich muss schlafen«, sagte sie, »nach dem Essen muss ich schlafen.«

»Sie haben gelogen«, er nahm Platz, auf dem Stuhl ihr gegenüber. Sie hatte mehrere Hämatome am Unterarm, vier zählte er, dicht nebeneinander. Er hatte sie am Oberarm gefasst auf dem Weg ins Schlafzimmer, ihren Unterarm hatte er nicht angerührt. »Sie haben gelogen«, wiederholte er, sie hob nur kurz die Schultern, als sei es egal. Als hätte er sie nicht erwischt.

»Ich bin also Ihre Strafe. Strafe wofür, Frau Potulski?«

Sie hob den Kopf ein wenig, drehte ihr Gesicht zur Seite, sah ihn an, »ich bin müde.«

»Wofür straft Gott Sie, Frau Potulski?« Er durfte nicht nachgeben, sie war erschöpft. Schloss nur wieder ihre Augen, es roch nach warmer, süßer Milch. »Wieso haben Sie gelogen?« Vielleicht sollte er sie schubsen, leicht nur, damit sie verstand, dass er sie nicht in Ruhe lassen würde. Nicht, bis sie gestanden hatte. »Machen Sie es sich nicht so schwer«, sagte er sanft. Ihre Mundwinkel zuckten, zuckten nach oben, als müsste sie grinsen. Er schlug auf den Tisch. Unvermittelt mit der Handfläche auf den Tisch, so dass die Platte vibrierte, ihr Kopf ruckte hoch. »Wo ist Ihre Tochter?« Seine Hand schmerzte.

»Das reicht«, sagte sie, die Fingerspitzen gegen ihre Schläfen gepresst, sie machte kreisende Bewegungen mit ihnen, »der Grieß ist gleich fertig, wir brauchen Schälchen und Löffel«, und schloss die Augen.

»Sie kriegen erst etwas zu essen, wenn Sie antworten«, er nahm den Topf vom Herd, stellte ihn vor sich auf den Tisch und legte die Arme um ihn. Der Topf war heiß, er musste aufpassen, »und die Wahrheit sagen«, setzte er hinzu.

Sie nahm zwei Glasschälchen aus dem Hängeschrank, stellte beide vor ihn hin, öffnete die Besteckschublade und legte die kleine Schöpfkelle daneben. Blieb dicht vor ihm stehen, sah auf ihn herab, heißes Wasser lief den Topf hinab und versickerte in seinem Ärmel. So heiß, dass es weh tat, er hätte gerne die verbrannte Stelle gerieben, er rührte sich nicht.

»Sie sind lächerlich«, sagte sie, sagte es ganz ruhig.

»Hier«, er stieß ihr den Topf gegen den Bauch, »fressen Sie es auf.«

Sie nahm die Henkel, starrte ihn an, schien zu überlegen, was sie tun sollte. »Essen«, sagte er schließlich, »essen Sie es auf.« Sie füllte die Schälchen. »Strafe wofür«, fragte er, als sie ihm seines reichte. Sie aß, als hätte sie Hunger, »guten Appetit«, sagte er, sie nickte nur. Der Grieß schmeckte gut, war sehr heiß, er musste pusten.

»Das Kind ist gestorben.«

Er hielt inne, der Löffel auf halbem Weg zu seinem Mund, er ließ ihn wieder in das Schälchen sinken.

»Welches Kind«, fragte er, versuchte sich an die Namen zu erinnern, »Matthias?«

Sie sah auf die Tischplatte, wischte einen kleinen Klumpen Grieß mit dem Zeigefinger auf, steckte den Finger in den Mund. Er wartete.

»Ich habe es immer zur Arbeit mitgenommen. Den Stuhl in die Ecke geschoben, so dass es rausgucken konnte. Es hat gern den Passanten zugeschaut«, ihre Stimme ruhig und gleichmäßig. »Es war schwerstbehindert«, sie zog das Wort in die Länge, »es wollte die Haare haben. Die vom Fußboden. Hatte sie gern in den Fingern, hat sie in den Mund gesteckt, darum musste ich sie ihm wegnehmen.« Sie lächelte.

»Was für Haare?« Er war verwirrt, sie beachtete ihn nicht, ihr Löffel lag vergessen in der Schale.

»Als es klein war, war es einfach. Irgendwann konnte ich es nicht mehr heben. Und wütend ist es geworden, hat mit dem Kopf nach mir gestoßen. Hat versucht, meine Hand einzuklemmen, zwischen Kopf und Schulter. Manchmal habe ich es dann gekniffen. Es hat immer gleich Flecken gekriegt, blaue Flecken, lila Flecken, rote Flecken.« Sie hielt inne, starrte auf den Tisch.

Er musste sich räuspern, »das ist Misshandlung Schutzbefohlener, Frau Potulski, das ist strafbar.«

Ratlos sah sie ihn an.

»Es war nicht gut. Sie hat immer gesagt, sie kommt nach Poznań, wenn sie Urlaub hat und sucht eine Einrichtung, in der es leben kann. Sie hatte nie Urlaub. Es hat angefangen zu bluten, als ich es gebadet habe. Bist du verletzt, habe ich gefragt. Es hat nur den Kopf gegen die Schulter gepresst, meine Hand eingeklemmt, da habe ich gesehen, dass es zwischen seinen Beinen hervorkam. Es hat angefangen, Haare zu kriegen, das macht nichts, habe ich gedacht, Haare wachsen, da kann sein, was will, Haare wachsen.« Ihre Hand griff nach ihrem Ohrläppchen. Sie nahm es zwischen Daumen und Zeigefinger, schien nach etwas zu tasten, drückte es zusammen, ließ los, drückte es wieder zusammen.

»Ich habe in Rheinsberg angerufen und gesagt, es geht nicht mehr, sie soll sofort kommen.« Sie blickte auf, als wollte sie nachprüfen, ob er ihr glaubte. Er sah starr auf ihre Hände, betrachtete jeden Fingerknöchel einzeln.

»Kurz darauf ist es krank geworden. Hat hohes Fieber gekriegt und konnte nichts mehr essen, alles ist aus ihm herausgelaufen. Im Krankenhaus haben sie ihm Antibiotika gegeben.«

Dumm und sentimental. Sie hielt ihn für dumm und sentimental. Und leichtgläubig.

»Ich habe sie angerufen. Immer wieder. Sie ist nicht ans Telefon gegangen und die Familie auch nicht, und sie war doch die Mutter.«

Hatte gelogen und war erwischt worden und versuchte es nun mit Kindern. Mit behinderten Kindern.

»Dann ist es gestorben, nachts. Ich habe geschlafen, das Krankenhaus hat am Morgen angerufen.«

Mit toten behinderten Kindern, mit Tränen, er war sich sicher, sie würde weinen. Er lehnte sich auf dem Stuhl zurück und wartete. Auf Rotz und Zucken, unkontrolliertes Einatmen, rote Augenlider. Wollte ihn einwickeln. In Sicherheit wiegen, bis er nicht mehr achtgab.

»Ich habe ein paar Sachen eingepackt und bin zu ihr gefahren. Nach Rheinsberg. Habe vergessen, bei der Arbeit anzurufen«, sie lächelte wieder. »Die Chefin wird böse sein. Sie mochte das Kind nicht. Und den

Reisepass habe ich vergessen, hatte nur meine Identitätskarte im Portemonnaie, ich wusste nicht, ob das genügt. An der Grenze habe ich mich auf der Toilette eingeschlossen, und niemand hat gefragt. Sie war nicht da. Das Haus verschlossen, die Fenster dunkel, die Vorhänge vorgezogen. Ich habe geklingelt, die Klingel war laut in dem leeren Haus, schließlich habe ich mich auf die Stufen vor dem Eingang gesetzt und gewartet. Die Nachbarin ist gekommen, sie gießt die Blumen, sagte sie. Alle im Urlaub, sagte sie, schon seit Tagen. Meine Tochter ist auch gefahren, mit einem Freund, die Nachbarin kannte seinen Namen nicht.«

Sie zog die Schultern hoch, ließ sie wieder sinken.

»Es war spät. Der nächste Zug ging erst am nächsten Morgen. Ich habe mir eine Bank gesucht. Sie waren dumm und betrunken, und sie hatten ein Messer. Einer hatte einen Pullover mit alt aussehenden Buchstaben, goldenen Buchstaben, *Sieg* stand auf seiner Brust. Ich habe ihnen das Portemonnaie gegeben, meine Ohrringe.« Sie tastete wieder nach ihrem Ohrläppchen. »Die Tasche wollten sie nicht, nachdem sie gesehen hatten, was drin war. Haben die Sachen auf dem Boden verteilt, ich habe sie eingesammelt, als sie weg waren.«

Sie nahm ihren Löffel, begann wieder zu essen. Er musste sich konzentrieren.

»Was haben Sie mit dem Kind gemacht?«

Sie sah in erstaunt an.

»Woran ist es gestorben?«

»Es ist krank geworden«, sagte sie, als wäre es selbstverständlich, »hören Sie jemals zu?«

»Haben Sie es in der Badewanne unter Wasser gedrückt?«

Er betrachtete ihre kräftigen Unterarme, die stämmigen Handgelenke, er hatte zum Glück keine Badewanne. Betrachtete die vier Hämatome, sie sahen aus wie die Abdrücke von Fingern, ihren Unterarm hatte er nicht angerührt. »War es zu viel, und da haben Sie das Kind unter Wasser gedrückt, bis es tot war?«

»Es ist krank geworden«, wiederholte sie, sah hinab, presste ihre Hände so fest zusammen, dass ihre Knöchel hell hervortraten.

»Warum haben Sie gelogen?« Es gab keinen Grund zu lügen, wenn das Kind krank geworden war.

»Ich wollte nicht«, sie betrachtete die hellgepressten Knöchel, »es ist«, sie hielt inne, »es ist privat«, sagte sie schließlich.

»Wo haben Sie Deutsch gelernt, wenn Sie nicht hier arbeiten?«

»Von meinem Mann.«

»Ihrem Mann?«

»Er war Volksdeutscher. Seine Tochter sollte Deutsch sprechen, abends, am Küchentisch hat er es mir beigebracht. Wir sind geschieden. Er wollte ausreisen, ich nicht.«

»Auf einmal haben Sie einen Mann.«

»Geschiedenen Mann. Ich esse im Bett auf«, sie nahm ihr Schälchen, klemmte den Löffel mit dem Daumen ein, »gute Nacht«, sagte sie.

Im Bett wird nicht gegessen, wollte er sagen, doch sie hatte sich schon umgedreht, ihre Teetasse in der anderen Hand, auf der Türschwelle hielt sie inne.

»Heute kein Bad«, sagte sie über die Schulter.

Einen Moment überlegte er, ob er sie wieder am Arm nehmen, ins Schlafzimmer schieben, *Sie schlafen hier* sagen und auf das Bett zeigen sollte. Er könnte das zweite Kopfkissen im Schrank einschließen und den Schrankschlüssel so verstecken, dass er es hörte, wenn sie ihn nachts holen würde. Im Besteckkasten unter den Messern, er schlief nicht fest. Er ließ es bleiben, sie konnte auch die Bettdecke nehmen oder sein Kopfkissen.

Sie lag schon auf dem Sofa unter der Decke.

»Fertig mit Beten«, fragte er.

»Klopfen«, entgegnete sie.

Sie hatte den Grießbrei nicht ganz aufgegessen, er nahm das Schälchen vom Couchtisch, sie hatte es auf den Bildband gestellt, die leere Teetasse hängte er über zwei Finger.

»Gute Nacht«, sagte er, sie antwortete leise. Der Schlüssel steckte von innen, er zog ihn ab, im Hinausgehen löschte er das Deckenlicht.

Er konnte sie rufen hören, als er die Tür abschloss. Er verstand sie nicht, ging rasch durch den Flur, den Schlüssel ließ er stecken. Stellte die Tasse in die Spüle, kratzte den Brei in den Mülleimer. Er würde den Film entwickeln, den er heute Morgen gemacht hatte, in Ruhe den Film mit ihren Sachen. Die Kamera fand er in der Fototasche, hatte sie zuerst in der Dunkelkammer gesucht, war sich sicher gewesen. Er hörte Frau Potulski an der Klinke rütteln, gedämpfter, nachdem er die Dunkelkammertür geschlossen hatte. Sie brüllte seinen Namen, Vor- und Nachnamen, er nahm die Schalen aus dem Regal. Stellte die Entwicklerflüssigkeit daneben, die Wohnzimmertür dröhnte dumpf. Sie schlug gegen das Türblatt. »Die Nachbarn«, brüllte er. Der Schall wurde von den Wänden der Dunkelkammer zurückgeworfen. Er hatte den Film noch nicht aus der Kamera genommen, öffnete die Kammertür, öffnete sie wütend, so dass sie gegen die Wand schlug, »die Nachbarn«, brüllte er erneut. Plötzlich war es still. Er hielt inne, lauschte, kein Laut. Ging durch die dunkle Küche, ein Stück auf das Wohnzimmer zu, nichts. Er betrachtete erstaunt die helle Lichtlinie unter der Tür, sie hatte aufgegeben, musste erschöpft sein, er lächelte zufrieden. Er meinte ein Schleifen zu hören, ganz leise, als würde sie eine Schublade aufziehen, die Schuber vielleicht, aber sicher war er nicht. Reglos stand er in der Küche und wartete. Es klang nach Metall, sie machte etwas an der Tür, es gab nur den einen Schlüssel, er konnte ihn stecken sehen. Es hörte sich an, als würde sie an ihr kratzen, als würde etwas abrutschen, etwas Metallenes. Er durchschritt den Flur, lehnte sich gegen die Tür, so dass sein Ohr beinahe das Holz berührte.

»Frau Potulski«, rief er, schlug mit der Hand dagegen, mit der flachen Hand gegen das Türblatt.

»Ich kriege sie auf«, er hörte ihren wütenden Atem, »ich kriege sie auf, egal, wie lange es dauert.«

»Sie machen die Tür kaputt«, sie antwortete nicht, er hörte nichts als Metall, Metall, das abglitt. »Na warte«, sagte er leise, »na warte.«

Er drehte den Schlüssel, lehnte sich mit seinem Gewicht gegen die Tür, drückte sie mit seiner ganzen Kraft auf. Hoffte, sie würde direkt dahinter stehen, wollte sie ihr ins Gesicht schlagen. Die Tür ließ sich widerstandslos öffnen, er stolperte vorwärts, stolperte ins Wohnzimmer. Ein verbogener Tortenheber, WMF-Fächerdesign, lag auf den Dielen. Sie hatte versucht, ihn als Brechstange zu benutzen.

»Den werden Sie bezahlen«, er bückte sich, hob den Tortenheber auf, wischte ihn an seinem Pullover ab, rieb die fettigen Spuren ihrer Finger weg. Schweigend sah sie zu, wie er versuchte, den Griff zurückzubiegen, ihn zwischen die Knie klemmte, vergebens. Er legte den Heber ins Sideboard zurück, vorsichtig neben den Sahnelöffel. »Den werden Sie bezahlen«, er schob die Schublade wieder zu.

»Schlüssel«, sie streckte die Hand aus, Handfläche nach oben, hielt sie vor ihn, wartete. Er sah an ihr vorbei, der Schlüssel steckte noch in der Tür. Sie war seinem Blick gefolgt, ging mit entschlossenen Schritten hin und zog ihn ab. Zeigte mit ausgestrecktem Arm in den Flur, »raus«, sagte sie.

Sie knallte die Tür hinter ihm zu, er ging zur Haustür, nahm den Schlüssel vom Schlüsselbrett und schloss zwei Mal ab. Den Schlüssel steckte er in die Hosentasche, machte kurz das Licht an, nahm den Zweitschlüssel und ließ ihn ebenfalls in die Tasche gleiten. Fühlte, wie das Gewicht seine Hose ein wenig nach unten zog, als er in die Dunkelkammer ging. Er entwickelte den Film, nach einer Weile schaute er in den dunklen Flur. Kein Lichtstreifen unter der Wohnzimmertür, sie schlief.

Die Bürste war gut zu erkennen, sogar die Inschrift konnte er lesen. Ebenso die Etiketten der T-Shirts, der Unterhose, *L* stand dort. Er war zufrieden, überlegte, wo er die Bilder aufhängen sollte, ohne dass sie sie sehen, abnehmen, zerreißen würde.

Er löste die Knoten, mit denen er die Wäscheleine an den Haken rechts und links des Küchenfensters befestigt hatte, wickelte sie auf und brachte sie ins Schlafzimmer.

Vielleicht würde ihr auffallen, dass die Leine fehlte, ich brauche die Leine gerade nicht, hörte er sich sagen. Er nickte zufrieden. Ihretwegen kann ich nicht fotografieren, darum habe ich sie abgenommen, er formte die Worte stumm mit den Lippen, es klang plausibel.

Er spannte die Leine zwischen Fenstergriff und der Lehne des Wäschestuhls, holte die Abzüge, hängte einen nach dem anderen auf, er war zufrieden.

Die beiden Schlüsselbunde legte er unter das Kopfkissen, überlegte, ob er erneut aufstehen und auch die Zimmertür abschließen sollte. Er ließ es bleiben. Die Vorhänge waren noch offen, reglos lag er im Dunklen, die Hände auf dem Bauch gefaltet, und sah dem Schnee zu. Winzig kleine Flocken, im Wind wirbelnd, schnell kreiselnde Mücken, die lautlos an die Scheibe stießen.

16.

Er ging in die Küche, sie stand am Fenster, sah hinaus. Sie hatte braune Löckchen, das ist falsch, dachte er, Jana Potulski hat keine Locken. Die Kammertür war geschlossen. »Nein«, sagte sie, als er die Hand nach der Tür ausstreckte.

»Was ist in der Kammer?«

»Hermann«, antwortete sie. »Ich habe ihn eingepackt«, sagte sie, »das Fenster aufgemacht, er wird nicht riechen.«

»Gut«, sagte er, »gut.«

An mehr konnte er sich nicht erinnern, nach dem Aufwachen lag er lange still.

Sie klopfte an die Tür, »halb neun«, rief sie, reglos hörte er zu, wie sich ihre Schritte entfernten. Es war kalt im Schlafzimmer, er zog den Bademantel über, ging zum Fenster und drehte die Heizung auf. Er hatte vergessen, die Vorhänge zuzuziehen, der Himmel war blau, er konnte die blasse Sonne hinter der Häuserreihe auf der anderen Straßenseite erahnen. Er nahm die Bilder von der Leine, legte sie vorsichtig aufeinander, er würde sie in der Nachttischschublade aufbewahren, die ließ sich abschließen. Er knotete die Leine los, wickelte sie auf, Frau Potulski war in der Küche, er hörte Geschirr klirren.

Beim Abtrocknen entdeckte er einen Fleck auf seinem Unterarm, ein Hämatom, dunkelviolett, fast schwarz sah er im Spiegel aus. Livores, musste er denken, das war Unsinn, sein Körper würde das ausgetretene Blut abtransportieren, den Schaden reparieren. Er schaltete das Licht an, betrachtete ihn genauer, der Fleck hatte die Größe und Form eines Hühnereis, auf der einen Seite waren helle Punkte im Dunklen. Er strich behutsam mit dem Finger über ihn, der Fleck war etwas erhaben. Es tat nicht weh, zog leicht, so, als wäre ein wenig mehr Druck sehr schmerzhaft.

Er stellte seinen Kulturbeutel ins Regal neben ihren.

Der Tisch war nicht gedeckt, »wird doch nur alles kalt«, sagte sie, als er in die Küche kam. Die Haustür hatte er wieder abgeschlossen, nachdem er die Zeitung hereingeholt hatte. Die Schlüssel gut verwahrt in seiner Hosentasche.

»Ich mache Schnitzel, wir brauchen Fleisch«, mit flinken Händen richtete sie den Aufschnitt an. »Eier auch«, fügte sie hinzu.

Er setzte sich und sah zu, wie sie den Tisch deckte.

»Und Fallen, für die Tierchen im Bad«, sie nahm ein Blatt Papier von der Arbeitsplatte und reichte es ihm. Musste es aus dem Sideboard genommen haben, dort bewahrte er seinen Briefblock auf. Hatte es genommen, ohne zu fragen.

»Fallen ist falsch geschrieben«, er hielt ihr das Blatt hin, »mit doppeltem l«, sagte er. Sie goss dampfendes Wasser in die Teekanne und sah nicht auf.

Er steckte beide Schlüsselbunde zu dem Zettel in die Manteltasche, im Supermarkt konnte sie jederzeit weglaufen, einen Aufruhr veranstalten, es war sicherer, er ließ sie zu Hause.

»Machen Sie kein Theater«, er legte den Zeigefinger auf die Lippen, »leise, solange ich weg bin«, flüsterte er.

Ihr Blick war seiner Hand mit den Schlüsseln gefolgt.

»Und wenn es brennt?«

»Es brennt nicht«, er lächelte ihr zu, aufmunternd sollte es sein, entschied, nicht zu versuchen, sie zum Abschied auf die Wange zu küssen, »bis gleich«, sagte er.

Als er wieder in seine Straße bog, sah er hinauf zur Wohnung, das Licht in der Küche brannte, es sah freundlich aus. Warm.

Die Tür verschlossen, nichts, was auf den Versuch, sie mit Gewalt zu öffnen, hindeutete. Er legte sein Ohr gegen das Holz, meinte, ihre Stimme zu hören, aber sicher war er nicht. Vorsichtig schob er den Schlüssel in das Schloss, drehte ihn langsam, behutsam drückte er die Tür auf. Er hörte ihre Stimme, gedämpft und hastig, er verstand nichts. Es klackte, das Geräusch von hartem Plastik auf hartem Plastik, der Telefonhörer, sie hatte telefoniert, hatte ihn zurück auf die Gabel gelegt. Er lief durch den Flur, seine Schuhe polterten auf den Dielen, das war gleichgültig, sie hatte ihn kommen hören, hatte rasch aufgelegt. Sie stand neben der Couch.

»Was tun Sie?«, er war außer Atem, hatte Seitenstechen, er beugte sich nach vorn.

»Bügeln«, sie deutete auf das Bügelbrett, es stand mitten im Wohnzimmer, die Wäsche lag auf dem Esstisch.

Das Bügeleisen war eingeschaltet, es glühte rot. Er ging an ihr vorbei, berührte den Telefonhörer mit den Fingerspitzen. »Er ist warm«, stellte er fest, »handwarm.«

»Warum essen wir nicht hier?«, sie zeigte auf den Esstisch.

»Küche ist praktischer. Handwarm«, wiederholte er.

»Und wenn ich telefoniert habe?«

Sie nahm eines seiner Hemden von dem Haufen und legte es mit Schwung auf das Bügelbrett.

»Sprühflasche?« Erst verstand er nicht, »ich habe keine«, sagte er, »es ist Ihnen verboten, das Telefon zu benutzen.«

Sie tauchte ihre Fingerspitzen in ein Schälchen mit Wasser und besprenkelte das Hemd.

»Verboten, Frau Potulski«, wiederholte er.

»Den Einkauf in die Küche«, sie deutete auf die Tüte in seiner Hand, »das Fleisch nicht in den Kühlschrank, ich brauche es gleich.«

Er schloss die Augen, Bach, eine der zahllosen Orgelsonaten. Lauschte dem Geräusch, mit dem sie das Bügeleisen absetzte, dem leisen Rauschen des Stoffs, wenn sie ihn über das Brett schwang.

Er schrak hoch. Er saß in seinem Sessel, das Radio war ausgeschaltet, das Deckenlicht brannte. Wieder krachte es, ein metallisches Klappern folgte, er stemmte sich hoch. Er schlief viel in letzter Zeit, viel tagsüber.

Das Fleisch lag auf einem Holzbrett, Frau Potulski hatte die Lippen vor Anstrengung zusammengepresst. Die Töpfe im Schrank unter der Arbeitsplatte klapperten metallisch aufeinander, bei jedem Schlag, den sie dem Fleisch versetzte. Er sah zu, wie sie den Griff vor jeder Schlagsalve in den Händen wog, ihre Finger lockerte, sie vor dem Zuschlagen wieder fester um das Holz schloss. Der Hammerkopf war mit einer geriffelten Metallplatte verstärkt. Es wäre ein Leichtes für sie, ihn mit dem Fleischhammer zu erschlagen.

Sie drehte sich um, zuckte ein wenig zurück, hatte ihn nicht kommen hören.

»Tisch decken«, mit dem Kinn deutete sie auf zwei Teller und Besteck, gestapelt auf dem Küchentisch. »Drüben«, sagte sie und holte wieder aus. Der Lärm tat weh, er wollte seine Ohren mit den Händen bedecken, stattdessen nahm er den Geschirrstapel und trug ihn ins Wohnzimmer.

Seine Oberlippe kribbelte. Es war nicht unangenehm, kitzelte eher, er fuhr sich mit dem Handrücken über die Lippen, das Kribbeln blieb. Das Schnitzel schmeckte gut, er träufelte etwas Zitrone über den nächsten Bissen, schob ihn in den Mund. Nicht zäh, er kaute, seine Oberlippe kribbelte. Kleine kalte Stiche, winzig kleine Schläge, es fühlte sich an, als hätte er falsch gelegen oder falsch gesessen, und ein Bein, ein Arm wäre eingeschlafen, würde nicht ausreichend durchblutet. Nur dass es seine Oberlippe war, die kribbelte, er versuchte, eine Grimasse zu machen, seine Lippe fühlte sich kalt an, schwerfällig, als wäre sie fast erfroren, als hätte er zu lange im Wind gestanden. Frau Potulski hatte mitten im Fleischschneiden innegehalten und sah ihn an. Es war nicht unangenehm, kitzelte vielmehr, er kaute den Bissen zu Ende, schluckte.

Das Kribbeln breitete sich aus, überzog seine Unterlippe, seine Mundwinkel, bildete bald einen Ring, hinab bis zum Kinn. Sprang über auf seine Schulter, wie Flammen übersprangen, nur dass es kalt war. Kleine, kalte Stiche, seinen Oberarm hinab, machten nicht am Ellbogen halt, wanderten den Unterarm entlang, bis zu seiner Hand. »Schmeckt es?«

Er sah auf, Jana Potulski beobachtete ihn.

»Sie sind bleich«, sagte sie.

Er schüttelte stumm den Kopf, seine Hand hielt noch immer die Gabel, kühles Metall zwischen seinen kribbelnden Fingern. Er umfasste den Griff fester, stach die Gabel erneut in das Schnitzel, als wollte er ihr beweisen, dass alles in Ordnung war, hörte die Panade knirschen, die Zinken bohrten sich ins Fleisch. Sah zu, wie die andere Hand mit dem Messer ein Stück abschnitt, das Kribbeln schien ihre Funktionstüchtigkeit nicht einzuschränken. Er hob die Gabel, ließ das aufgespießte Fleisch nicht aus den Augen, führte die Gabel zum Mund, öffnete die kribbelnden Lippen, öffnete sie ohne Probleme. Er konnte die Panade rau auf der Zunge spüren. Sie hatte etwas reingetan. Ins Fleisch gemacht. Der Gedanke kam so plötzlich, dass seine Hand zurückzuckte, die Zinken gegen seine Zähne stießen, als er die Gabel aus dem Mund zog. Er beugte sich vor, öffnete den Mund und ließ den angekauten Bissen auf seinen Teller fallen.

»Verbrannt?«

Sie strich mit dem Messer Püree auf eine aufgespießte Möhre, aß ruhig weiter. Er ließ den Griff der Gabel los, sie fiel laut auf den Tisch.

»Was haben Sie mit dem Fleisch gemacht?«

Er hob den Arm, wollte seine Oberlippe betasten, der Arm bewegte sich nicht. Er sah hinab, sein Unterarm lag auf dem Tisch, die Handfläche seltsam nach oben verdreht, er spannte die Muskeln, meinte zu fühlen, wie sie hart wurden. Der Arm blieb reglos liegen. Er konnte ihn sehen, sein Unterarm, seine Hand lagen vor ihm auf dem Tisch, er konnte ihn sehen, bewegen konnte er ihn nicht. Nicht einmal ein Zucken, nicht einmal in den Fingerspitzen, ein winziges Zucken, nein, die Hand lag still da, als wäre es nicht seine.

»Salz, Pfeffer, in Mehl gewendet«, sie bewegte ihre Hände, als würden sie etwas umdrehen, »in Ei, in Panade und dann gebraten.«

Hand, wollte er sagen, »Utuk«, es hörte sich an wie utuk, stellte er erstaunt fest. Ich kann meine Hand nicht bewegen, »Hesnnnnennenn«, etwas stimmte mit seinen Ohren nicht.

»Was?«

Frau Potulski sah ihn an, nein, seine Ohren waren in Ordnung. Sie hatte die Augenbrauen hochgezogen, Frau Potulski hatte ihn vergiftet. Er konnte keinen Schmerz fühlen, nur das Kribbeln, konzentrierte sich auf seinen Magen, keine Schmerzen, keine Krämpfe. Musste herausfinden, was sie genommen hatte. Ein Krankenwagen, er brauchte einen Krankenwagen, öffnete den Mund, sog Luft ein, es klang wie ein Stöhnen. Seine Zunge war ein lederner Lappen geworden, taumelte hilflos durch seinen Mund.

»Sie rutschen«, sagte sie, »Sie rutschen von Ihrem Stuhl.«

Das Zimmer war plötzlich schief, die eine Seite senkte sich, die Tischplatte schräg, sie kam näher. Er bewegte sich auf seinen Teller zu, seinen reglosen Arm, er sackte nach rechts, griff mit der anderen Hand nach der Sitzfläche. Schloss die Finger um das Polster, sie gehorchten ihm anstandslos, er krallte die Nägel hinein. Das Zimmer war nach wie vor schief, doch es hörte auf zu sinken.

Das Kribbeln hatte nachgelassen, er fühlte es noch immer im Arm, um den Mund herum, aber die kleinen Stiche waren weniger scharf. Auf einmal konnte er die Tischplatte fühlen, die Härte des Holzes unter seinem rechten Unterarm. Er drückte dagegen, sein Oberkörper richtete sich wieder auf. Er saß wieder gerade, hatte sich mit dem Unterarm hochgedrückt, fühlte ihn wieder. Er sah hinab, ängstlich, die Finger gehorchten. Zogen sich zusammen, seine Hand sah aus wie eine Klaue, er hob sie an, mühelos. Als wäre sie nicht eben noch ein Gegenstand, nicht anders als der Tisch oder sein Teller gewesen.

Sie hatte das Kind vergiftet. Es war plötzlich krank geworden, hatte sie gesagt. Sie hatte das Kind vergiftet, und sie hatte ihn vergiftet. Die Substanz wirkte auf sein zentrales Nervensystem, Lähmungserscheinungen, Sprachstörungen, spastische Krämpfe, Worte, die er vor Jahren in der Ausbildung gelernt hatte, tauchten auf. Er musste es rausholen, aus seinem Körper herausholen, das Gift war in seinem Magen, seinen Armen, seiner Zunge. Es würde sich weiter ausbreiten, er musste sich einen Finger in den Hals stecken oder zwei. Wortlos ging er ins Bad, noch immer keine Krämpfe, die Tür ließ er offen. Zog den Vorleger vor die Toilette, stützte sich auf dem geschlossenen Deckel ab, als er sich hinkniete. In den Ecken lagen helle Plastikklötzchen auf den Fliesen, sie hatte die Fallen für die Silberfische aufgestellt. Er klappte Deckel und Brille nach oben, sah in die Schüssel, das Wasser war klar. Er versuchte sich Jana Potulskis Gesäß vorzustellen, auf die Brille gepresst, versuchte sich vorzustellen, wie sie den Darm entleerte, wie Kot in das Wasser platschte, ihm wurde nicht übel. Er öffnete den Mund, hatte die Hände nicht gewaschen, seine Finger schmeckten bitter. Er schob sie tiefer hinein, seine Zunge war rau und feucht, steckte sie weiter hinein, bis er etwas Krauses fühlen konnte, seinen Rachen, weich und sehr verletzlich.

»Alles gut«, fragte sie.

Weg, sie sollte ihn in Ruhe lassen, er drehte sich nicht nach ihr um, machte eine Handbewegung, sie sollte weggehen.

»Ist Ihnen übel?«

Er würgte, Luft entwich seinem Magen, er rülpste laut, Speichel lief in seinen Mund, sehr flüssiger Speichel, lief über seine Lippen, tropfte in die Toilettenschüssel. Sein Magen presste sich zusammen, hob sich, er fühlte, wie der Inhalt die Speiseröhre hinaufgedrückt wurde, in die Mundhöhle, an den Zähnen vorbei, er schmeckte Schnitzel und Magensäure, öffnete den Mund weit. Ein Schwall Lebensmittelbrei klatschte in die Schüssel, lief das Porzellan hinab ins Wasser. Er fühlte etwas auf seinem Rücken, warm, sie hatte ihre Hand auf seinem Rücken, strich auf und ab, als wollte sie ihn trösten. Er stieß mit dem Ellbogen nach ihr, verfehlte sie weit.

»Sie können das gut«, Luft stieg seine Speiseröhre hinauf, er rülpste erneut, »schauspielern«, sagte er. Er ließ sich auf die Fersen sinken, sah ihr ins Gesicht, sie starrte zu ihm herab, schien nicht zu wissen, was sie sagen sollte. Er schüttelte den Kopf, »ich falle nicht darauf rein.« Seine Finger rochen säuerlich, Magensaft und Speisebrei klebten an ihnen. Frau Potulski beugte sich vor, zog an der Spülung, er wich vor der Toilette zurück. »Schlau«, sagte er, starrte in das strudelnde Wasser, »Beweis vernichtet.«

»Was haben Sie?« Ihre Hände hielt sie ausgebreitet, ihr Oberkörper war zu ihm herabgebeugt.

»Das wissen Sie genau.«

»Nein«, sie schüttelte den Kopf.

»Vergiftungssymptome.«

Sie reagierte nicht. Sah ihn nur unverwandt an, als wüsste sie nicht, was sie sagen sollte, legte sich etwas zurecht.

»Was haben Sie mit dem Essen gemacht?«

Ihre Augen wanderten zur Toilette, sie drehte sich um, sah zum Esstisch, wieder zur Toilette und schließlich ihn an.

»Sie sind verrückt. Dass Sie einen Arzt brauchen, so verrückt.«

»Es hat gekribbelt. Mein Arm hat gekribbelt. Ich konnte die Hand nicht bewegen. Nicht sprechen, leugnen Sie nicht, dass ich nicht sprechen konnte. Ich rutsche vom Stuhl, haben Sie gesagt.«

Sie antwortete nicht, sah auf die Fliesen, schien nachzudenken, arbeitete an einer Erklärung, zwischen ihren Augenbrauen zwei steile Falten.

»Der Mann meiner Chefin hatte einen Schlaganfall«, sagte sie langsam, »er hat vorher auch immer gesagt, es würde kribbeln.«

Das also hatte Sie sich zurechtgelegt.

»Was haben Sie mit dem Essen gemacht?«, wiederholte er, hockte noch immer auf den harten Fliesen, seine Knie taten weh.

»Sie müssen zum Arzt«, sagte sie.

Er richtete sich auf, schob sich an der Toilette hoch, es war zu spät, die Arztpraxen hatten lange geschlossen, er betastete nochmals die Oberlippe, sie kribbelte nicht mehr.

»Oder ins Krankenhaus«, sagte sie.

Er schüttelte den Kopf. Er würde seine Wohnung nicht verlassen, sie ihr überlassen, es konnte ein Trick sein, um ihn für längere Zeit loszuwerden. Sein Körper fühlte sich wieder normal an, er bewegte die Zunge auf und ab, rollte sie ein, streckte sie so weit heraus, wie er konnte, Frau Potulski runzelte die Stirn, die Zunge gehorchte ihm.

Er würde morgen zum Arzt gehen, es war Jahre her, seit er das letzte Mal beim Arzt war, wegen des Ischias, er hoffte, die Praxis existierte noch.

»Was haben Sie mit dem Essen gemacht?«

»Nichts ist mit die Essen«, sie brüllte plötzlich los.

»Dem Essen«, korrigierte er. Wortlos ging sie an ihm vorbei, aus dem Bad, ging zum Esstisch.

»Nichts anfassen, alles liegen lassen«, er beeilte sich, hinter ihr herzukommen, die Beweismittel sichern, er musste die Beweismittel sichern.

»Was haben Sie ins Fleisch getan?«

Sie stöhnte auf, setzte sich, schob ihren Teller beiseite, zog seinen zu sich herüber.

»Nicht«, sagte er, streckte ebenfalls die Hand aus. Sie hob den Ellbogen, ihr Blick ließ ihn innehalten. Schwarz, ihre Augen waren schwarz, nichts Weißes mehr sichtbar, er blieb still neben dem Tisch stehen. Sie nahm sein Besteck, schnitt ein Stück Schnitzel ab, steckte es, ohne zu zögern, in den Mund, wandte ihm ihr Gesicht zu, kaute, sah ihn unentwegt an und kaute, schluckte, »lecker«, sagte sie. Schnitt den nächsten Bissen ab und aß ihn. Er sah zu, wie das Schnitzel immer kleiner wurde, sie kaute ruhig, sah ihn nicht mehr an, strich ein wenig Püree auf das Fleisch, ein paar Pilze, ehe sie die Gabel in den Mund schob. Still war es. Nur das Besteck auf dem Teller war zu hören, ihre Kaugeräusche, ihr Schlucken. Sie streckte die Hand nach ihrem Glas aus, seelenruhig, trank einen Schluck Wasser, ihre Arme bewegten sich mühelos, sie schien nichts zu fühlen, kein Kribbeln, nichts.

»Dann war es eben nur auf der einen Hälfte des Fleisches«, sagte er.

Es klirrte laut, als sie das Besteck auf den Teller warf.

»Sie sind krank«, sagte sie.

»Wo ist es?«

»Was?«

Er würde keine Antwort bekommen. Er ging ins Bad, holte ihren Kulturbeutel aus dem Regal, schraubte den Cremetiegel auf, der Inhalt, hellrosa, sah normal aus, roch süßlich nach Parfum. Er öffnete die Wimperntusche, zog die Bürste heraus, drehte die Flasche um, nichts, nicht einmal ein schwarzer Tropfen kam aus der

Öffnung. Er sah auf, sah in den Spiegel, blass sei er, hatte sie gesagt. Er streckte die Zunge heraus, streckte sie weit heraus, rollte die Spitze ein. Die Zunge weiß belegt, er bewegte sie hoch und runter, seine Zunge sah normal aus. Er strich mit den Fingern über seine Oberlippe, fühlte nur Stoppeln, kein Kribbeln, keinen Schmerz.

17.

Er nahm alle Sachen aus dem Schrank, die Pappschachtel mit Reis, mit Knödeln, *Halb und halb*, Nudelpackungen, Tütensuppen, Erbsen und Möhren in der Dose, Kartoffelsuppe, das alte Honigglas, in dem er Gummibänder sammelte, die Klarsicht- und die Alufolie, Butterbrotpapier, das Glas, in dem er die Drahtclips für die Brottüten aufbewahrte. Stellte alles auf die Arbeitsplatte, als sie voll war, auf den Tisch und die Sitzflächen der Stühle.

»Ich räume das nicht auf.«

Jana Potulski lehnte am Türrahmen, die Beine übereinandergeschlagen, die Arme verschränkt, und sah ihm zu. Unvermittelt lachte sie hell auf, schüttelte nur den Kopf, als er sich nach ihr umdrehte. Er fühlte, wie sich die Kauflächen seiner Backenzähne aufeinanderpressten. Zog den einzig freien Stuhl heran, stieg auf die Sitzfläche, schob die Gegenstände beiseite, ein verstaubtes Päckchen Zimtstangen fiel zu Boden, und kniete sich auf die Arbeitsplatte. Er richtete sich auf, konnte das gesamte Innere des Schranks überblicken. Er war leer, kein kleines Päckchen oder Fläschchen, ganz hinten in einer Ecke, nichts. Frau Potulski bückte sich nach dem Zimt, legte ihn behutsam auf den Küchentisch.

»Tun Sie, was Sie für richtig halten«, sie lächelte, nicht unfreundlich und ging.

Er konnte das Leder der Couch knarren hören unter ihrem Gewicht, ließ seinen Rumpf auf die Fersen sinken. Als er hinabsteigen wollte, fiel sein Blick auf das Fenster, die Küche spiegelte sich in der Scheibe. Er sah sich ungeschickt auf der Arbeitsplatte knien, sah sich schwanken, als er ein Bein nach der Sitzfläche ausstreckte, musste sich an der geöffneten Schranktür festhalten, sonst wäre er nach hinten gekippt. Er sah hinab, das Beige der Arbeitsplatte war das gleiche wie das ihrer Jacke, bemerkte er, streckte das Bein weiter aus, war erleichtert, als sein Fuß den Stuhl berührte.

»Arme hoch«, sagte er, »Arme vom Körper abspreizen.«

Sie sah zu ihm auf, ein Buch lag aufgeschlagen auf ihren Oberschenkeln.

»Die Beine leicht auseinander«, sagte er, sie zog eine Augenbraue hoch.

»Aufstehen!« Er brüllte.

Sie stand auf, hob die Arme, hielt sie angewinkelt über dem Kopf wie im Film, Hände hoch, ihre Lippen zusammengepresst, nicht wütend, nein, belustigt, als unterdrücke sie ein Lachen.

Er tastete zunächst ihre Seiten ab. Begann unter den Achseln, ließ die Handflächen hinabgleiten, fest gegen ihre Rippen gepresst, hinabgleiten bis zu ihrer Taille, tastete den Hosenbund ab, fuhr mit den Händen über ihre Hüftknochen, die Hosentaschen, sie waren leer. Seine Hände glitten die Außenseite ihrer Beine entlang, er musste weiter runter. Er ging vorsichtig in die

Hocke, kniete sich schwerfällig auf die Dielen, sah nicht hoch, er wusste, sie lächelte. Die Hosensäume glitten durch seine Finger, nichts, kein Päckchen, keine Tabletten, nichts. Er umfasste ihre Knöchel.

»Und nun?«

Er sah auf, sie hatte die Augenbrauen hochgezogen, hochgezogen zu spitzen Dreiecken.

»Soll ich mich ausziehen und nach vorn beugen?«

Er wollte aufstehen, versuchte sich aus der Hocke hochzudrücken, seine Oberschenkel zitterten, er musste sich festhalten, an ihren Beinen, seine Knie knirschten, als er sie durchdrückte, er stand so dicht vor ihr, dass ihre Bäuche sich beinahe berührten.

»Damit Sie alle Öffnungen durchsuchen können?« Ihr Tonfall belustigt. Unvermittelt wandte sie sich ab, die Entfernung zwischen ihren Bäuchen wuchs rasch.

»Sie müssen die Küche aufräumen«, sie deutete zum Esstisch, »sonst kann ich nicht abwaschen.« Nahm das Buch und setzte sich wieder auf die Couch. Sie konnte es geschluckt haben. Sicher verpackt. Rauschgifthändler taten das, nicht zu seiner Zeit, er hatte davon in der Zeitung gelesen, verpackten es in Gummi und schluckten es. »Die Küche«, sagte sie.

Er ließ sich in den Sessel fallen, deutete auf das Buch. Es war der Bildband.

»Der gehört mir.«

Sie betrachtete weiter die Auffahrt eines Gutshofs, die Bediensteten in schwarz-weißen Uniformen vor dem Portal aufgereiht. Er deutete auf das Bild, »alles Polen«, sagte er. Frau Potulski wich seiner Hand aus.

Zog den Bildband weg, als er die Finger nach ihm ausstreckte.

»Ich werde ihn angucken dürfen«, sagte sie.

»Seien Sie still, ich muss nachdenken«, er fühlte, wie sich seine Handflächen auf seine Wangen legten, er schloss die Augen. Er bot ihr ein Bild der Ratlosigkeit, dessen war er sich bewusst. Das Gesicht in die Hände gestützt, die Ellbogen auf der Sessellehne, sein Nacken gebeugt. Schwach. Er musste das Gift finden, in ihren Taschen war nichts Auffälliges gewesen, als er sie durchsucht hatte. Sie musste es die ganze Zeit bei sich getragen haben. Und entsorgt. In der Toilette. Im Ausguss. Aus dem Fenster gestreut. Sie hatte ihm keine tödliche Dosis gegeben, er hatte nicht aufgegessen, das musste er bedenken. Dennoch, ein Gift wie Arsen, er versuchte sich an die genauen Symptome zu erinnern, eine Substanz, die nach und nach beigebracht wurde. Sie konnte es seit Tagen in seine Mahlzeiten gemischt haben. Konnte die Dosis gesteigert haben, hatte zu viel genommen, so dass es kribbelte. Wenn sie es allmählich verabreichte, dann musste es noch da sein, in der Wohnung, dann hatte sie es nicht entsorgt. Er presste sein Gesicht fester in die Handflächen. Er war wirr, Frau Potulski blätterte eine Seite um, er hörte das Papier rascheln. Er musste sich konzentrieren, systematisch vorgehen.

Von draußen waren nur die Dinge, die er eingekauft hatte, hereingekommen. Das Fleisch. Filme. Die Silberfischfallen, er dachte an die Klötzchen im Bad. Sie enthielten irgendein Insektengift.

Frau Potulski sah hoch, als er aufstand.

»Die Küche«, sagte sie.

Dieses Mal war er schneller, riss ihr den Bildband aus den Händen, sie war zu überrascht, um ihn festzuhalten, er klemmte ihn unter den Ellbogen und ging in die Küche. Sie folgte ihm, er hörte ihre Schritte hinter sich auf den Dielen, laute Schritte. Presste den Bildband seitlich gegen seinen Brustkorb, blieb am Küchenfenster stehen.

»Das Buch«, sagte sie, ihre Stimme fordernd. Sie war dicht hinter ihm stehen geblieben, er konnte ihren rasch gehenden Atem fühlen, sie war wütend. »Sie können sich ausdenken, was Sie wollen, aber Sie behandeln mich mit Respekt«, sagte sie. Er legte den Bildband auf die Fensterbank, drehte sich um. Sie stand sehr dicht vor ihm, starrte ihn an, zwischen ihren Augenbrauen zwei steile Falten.

Plötzlich schnellte seine Hand vor. Seine Hand zur Faust geballt, wie er feststellte, während die Hand auf sie zuschoss. Sein Handgelenk knackte, als die Faust ihr Brustbein traf. Jana Potulski taumelte rückwärts, verlor das Gleichgewicht, stolperte in die Dunkelkammer. Er griff nach der Tür, wollte sie ihr hinterherwerfen, mit all seiner Kraft. Die Tür krachte gegen den Rahmen, fiel ins Schloss, laut ins Schloss, die Wucht seines Stoßes lies den Schnapper zurückgleiten, und wieder vor, die Tür war zu. Er hatte sie ihr hinterherwerfen, vielleicht ihr Gesicht treffen wollen, ihre Nase, so, dass Blut aus ihr floss. Hatte sie nicht schließen wollen, hatte nicht darüber nachgedacht, doch die Tür fiel ins Schloss. So laut, dass er zuckte. Er rührte sich nicht, starrte sie an, reglos und weiß, hörte Holz, das gegen Metall stieß, rutschte, dumpf auf Holz landete, auf klapperndem Plastik, die Regalbretter, dachte er, sie war in die Regalbretter gefallen. Seine Hand schnellte vor und drehte den Schlüssel, die Tür war abgesperrt. Etwas Schweres schlug auf den Dielen auf, sie vibrierten unter seinen Sohlen. Schalen, Plastikflaschen, leere, volle, die dumpfer klangen, fielen zu Boden, fielen durcheinander, zwei Glasexplosionen zählte er.

Stille. Kein Tasten, kein Beiseiteschieben der Flaschen, Schalen, Scherben, kein Brüllen, kein Stöhnen, nichts. Er öffnete den Mund, schloss ihn wieder, lauschte. Die Küche leer, er betrachtete die weiß glänzende Tür. Sie bewegte sich nicht, schwankte nicht in den Angeln, die Küche war leer, als wäre er allein.

»Sind Sie verletzt«, fragte er schließlich. Er bewegte sich auf die Dunkelkammer zu, setzte die Schuhe behutsam auf die Dielen, als dürfte er kein Geräusch machen, als müsste er leise sein, als hätte er ein wildes Tier in der Kammer gefangen, dass jederzeit die Tür aufstoßen und ihn anfallen könnte. Er presste die Zähne zusammen, er schüttelte den Kopf. »Frau Potulski«, fragte er, die Wange beinahe an den Lack gelegt. Die Tür gab ein Geräusch von sich, als würde sie sich dagegenlehnen. Er trat einen Schritt zurück.

»Mein Arm tut weh«, sie tastete das Holz ab, suchte eine Klinke, einen Haken, irgendwas. Der Lichtschalter war in der Küche, neben der Tür. Die Tür schwankte in den Angeln, sie rüttelte daran, hatte ihre Fingerspitzen in den Spalt zwischen Tür und Rahmen geschoben, versuchte sie aufzudrücken. Er streckte die Hand aus, betätigte den Schalter, augenblicklich war die Tür ruhig. Er konnte hören, dass sie sich bewegte, sich umsah, er hörte Plastik aneinanderstoßen.

Ein dumpfer Schlag ließ ihn zurückfahren. Solange sie in der Lage war zu schlagen, konnte ihr Arm nicht so schlimm sein, entschied er. »Seien Sie still.«

Er ging rasch ins Bad, das Klötzchen war leicht, hatte eine kleine Öffnung, rasselte leise, als er es schüttelte. Als wäre es mit kleinen Steinchen gefüllt. Mit Gift. Sie waren mit Gift gefüllt. Sie hatte ein paar der Steinchen herausgeschüttelt und sie ins Essen getan, ins Püree getan, er sah es wieder hellgelb auf seinen Teller klatschen, sie hatte ihm aufgetan, hatte ihm reichlich Püree gegeben. »Zu viel«, hatte er protestiert. Er versuchte sich zu erinnern, ob sie auch von seinem Püree gegessen hatte. Von dem Schnitzel ja, er erinnerte sich an jedes einzelne Stück, das zwischen ihren Lippen verschwunden war, auf das Püree hatte er nicht geachtet.

Er sammelte die Klötzchen ein, drei lagen im Bad, er hatte zwei Doppelpackungen gekauft, das letzte fand er unter der Spüle, bei den Putzmitteln, und brachte sie ins Schlafzimmer.

Die Gefrierbeutel fand er unter einem der Stühle, das Glas mit den Clips auf der Arbeitsplatte. Er holte seinen Teller, schabte mit dem Messer Erbsen und ein Häufchen eingetrocknetes Püree in den Beutel und verschloss ihn mit dem Draht. Im Sideboard fand er weiße Etiketten, *Teller 1 HM*, schrieb er auf das erste, klebte es auf den Beutel. Auf das nächste schrieb er *Teller 2 JP*, der Beutel war um einiges voller, ein halbes Schnitzel,

Sauce, Püree, Erbsen, durcheinander, es sah aus wie Erbrochenes.

»Was machen Sie?«, hörte er sie fragen, als er ihren Teller abkratzte. »Hermann!«, laut und hart, als er das restliche Püree aus der Schüssel umfüllte. Danach die Erbsen, die Sauce, jeweils in einen Beutel, er hoffte, die Clips verschlossen sie ausreichend. Hoffte, sie würden nicht auslaufen, trug die Beutel ins Schlafzimmer, öffnete das Fenster und legte sie in die dünne Schneeschicht auf der Fensterbank, um sie zu konservieren.

Er zog einen der Küchenstühle zur Kammer, stellte ihn mit der Lehne zum Fenster und setzte sich. Müsste nur den Arm ausstrecken, um die Tür zu berühren, er wartete. Wartete, dass sie anfangen würde zu schreien, nach Hilfe vielleicht, krakeelen würde, stampfen würde, die restlichen Regale von der Wand reißen würde, auf dass die Nachbarn kämen. Wartete auf das Geräusch des Fensterriegels, das leise Quietschen der Angeln, wenn sie es öffnete, um ihren Kopf durch die schmale Öffnung zu schieben oder einen Arm, zum Winken, zu den Passanten hinab. Um hinunterzurufen, dass er sie festhielt. Die Tür nicht öffnete. Er sah zum Schloss.

Es war still. Viel zu still.

»Warum schreien Sie nicht«, fragte er. »Warum öffnen Sie nicht das Fenster und schreien um Hilfe?«

»Sie lassen mich eh wieder raus.«

»Sie wollen keine Polizei«, sagte er.

»Warum rufen Sie nicht die Polizei und erzählen ihr von dem Gift?«

»Sie geben also zu, dass Sie mir Gift …«

»Rufen Sie die Polizei«, sagte sie.

Die Polizei würde sie mitnehmen. Würde sie nicht bei ihm lassen, würde sie wegbringen. Er war sich nicht sicher, ob er das wollte. Sie sollte aufhören. Aufhören, ihn zu töten. Sollte es einfach zugeben. Bekennen, dass sie schlecht war, und tun, was er sagte. Mehr wollte er nicht.

»Die Polizei nimmt Sie mit«, sagte sie, »die Polizei bringt Sie in die Irrenanstalt. Schauen Sie sich doch um.«

»Mich?« Er lachte. Der Schrankinhalt war noch immer in der Küche verteilt, er könnte behaupten, sie wäre das gewesen. Er würde darüber schlafen, er könnte sie über Nacht in der Kammer lassen. Sauerstoff war kein Problem, die Ritze zwischen Tür und Rahmen sollte genügen. Er müsste jedoch die Tür öffnen, um sie mit Nahrung zu versorgen, mit Wasser. Sie würde sich gegen das Holz werfen, die Tür aufdrücken.

»Ich muss. Auf Toilette.«

Er zuckte zusammen beim Klang ihrer Stimme. Das wäre das größte Problem, er sah zum Eimer, hellblau und aus Plastik stand er neben der Spüle, nein, er müsste die Tür öffnen, ihn ihr reichen und ihn wieder in Empfang nehmen. Ekel ließ ihn schaudern, als er sich vorstellte, was im Eimer drin wäre.

Sein Körper spannte sich blitzschnell, seine Brust sehr eng von innen, eine glühende Nadel zwischen seinen Rippen. Die Tür dröhnte, schwankte leicht in den Angeln, das Schloss gab ein hartes metallenes Geräusch von sich, sie warf sich gegen die Tür, mit ihrem ganzen Gewicht gegen die Tür.

»Still, seien Sie still. Ich kann nicht nachdenken«, sagte er.

Ihre Schläge so laut, dass er seine Stimme kaum hörte.

»Hören Sie auf!« Er schlug mit der flachen Hand gegen die Tür, das Holz dröhnte, vibrierte in den Angeln, »Hör auf!« Er schlug wieder und wieder, drinnen musste es schmerzhaft laut sein.

»Ich muss«, sagte sie, als es wieder still war.

»Gleich«, antwortete er.

Es bullerte dumpf hinter ihm, als er in den Flur ging.

»Ich pinkle auf den Boden. Ich mache in Ihre Dunkelkammer«, sie trat erneut zu, »ich zähle bis zwanzig.«

Er öffnete die Geschirrschublade, sammelte sämtliche Messer zusammen, den Fleischklopfer, das Tranchierbesteck aus dem Sideboard, die Brotsäge, brachte sie ins Schlafzimmer, legte sie auf den Stuhl und schloss das Zimmer ab. Die Putzmittel ließ er stehen, er durfte nichts essen, was sie zubereitet hatte, nichts trinken, was sie in den Händen gehabt hatte.

»Seien Sie friedlich«, sagte er und versuchte, seine Stimme möglichst drohend klingen zu lassen, »ich lasse Sie jetzt raus, aber Sie sind friedlich.«

Er drehte den Schlüssel, zog den Hebel zurück, die Tür sprang auf, Jana Potulski stand direkt dahinter.

»Mein Arm tut weh.«

Ihr Arm war nicht geschwollen.

»Können Sie die Finger bewegen?«

Sie starrte weiter auf ihren Unterarm, auf das Handgelenk.

»Finger bewegen«, wiederholte er.

Sie gehorchte, ihre Hand schloss sich zur Faust und öffnete sich wieder. Plötzlich fühlte er sich erschöpft. Hätte sich gerne an sie gelehnt, ihre Wärme gespürt. Seinen Kopf auf ihre Schulter gelegt, so dass er ihn nicht alleine tragen musste, seine Augen geschlossen. Sie ging zur Spüle, drehte das Kaltwasser auf und ließ es über ihren Unterarm laufen, die Haut war gerötet.

Er legte die Regalbretter wieder auf die Winkel, sammelte die Flaschen vom Boden, die Schalen, es war erstaunlich wenig ausgelaufen. Er war müde, fragte nicht, ob sie ins Bad gehen wollte, seine Arme zu schwer, um die Hände zu ihren Brüsten zu heben.

Er nahm die Kehrschaufel, fegte die Scherben auf, hörte die Toilettenspülung, sie eilte durch den Flur, zog leise die Wohnzimmertür hinter sich zu, sagte nicht gute Nacht. Das Fotopapier war bis auf wenige Blätter intakt, auf einem, mittig, der Abdruck ihres Fußes. Er beschloss, es zu behalten, trug es leise ins Schlafzimmer und tat es zu den Fotos von ihren Sachen.

Er schloss ab, zog den Stuhl zur Tür, die Lehne passte genau unter die Klinke. Er versuchte an ihr zu rütteln, sie bewegte sich nicht, die Klinke war fest. Die Beutel hatten dicht gehalten, er nahm sie vorsichtig in die Hand. Schüttelte den Schnee von seinem Ärmel, ehe er das Fenster wieder schloss, kein Laut aus dem Flur. Nahm den Fleischklopfer aus der Nachttischschublade und legte ihn neben sich, unter die Bettdecke. Das sollte genügen, er konnte den Hammergriff an seinem Bein fühlen.

18.

Es klingelte, klingelte an der Wohnungstür, nicht unten. Er richtete sich auf, der Klingelton war anders, die Müllabfuhr würde unten klingeln, er konnte sich an keinen Aushang erinnern, kein Stromablesedienst, keine Handwerker. Ein Nachbar, ein Nachbar konnte es sein. Wollte sich vielleicht über den Lärm der letzten Nacht beschweren. Kurz vor elf zeigte der Wecker, wütend stieß er die Decke weg, trat sie mit den Füßen zum Bettende. Polternd fiel etwas auf die Dielen, er beugte sich vor, neben dem Bett lag der Fleischklopfer. Frau Potulski hatte ihn nicht geweckt. Er schob die Füße in die Pantoffeln, seine Füße hielten inne, sie war weg. Sie hatte ihn nicht geweckt, weil sie weg war, ihm wurde kalt. Die Haustür. Er hatte die Haustür abgeschlossen, er hob das Kopfkissen, sie waren noch da, beide Schlüsselbunde glänzten metallisch auf dem Laken. Er atmete aus, lang und mit einem Laut, der wie ein Seufzen klang, fühlte, wie sein Brustkorb sich senkte, seine Muskeln sich entspannten.

Es klingelte erneut, er konnte Frau Potulskis Stimme hören, sie sprach mit jemandem, einem Mann. Frau Potulski hatte versucht, ihn zu töten, er musste auf der Hut sein. Sein Körper fühlte sich normal an, er fuhr sich über die Oberlippe, sie kribbelte nicht. Er zog den

Bademantel über, konnte hören, wie sie versuchte, die Haustür zu öffnen, an der Klinke rüttelte.

»Hermann«, rief sie. Die Schlüssel lagen unter dem Kopfkissen, er versuchte, den Stuhl leise zur Seite zu schieben, so, dass sie es im Flur nicht hören konnte.

»Hermann«, sie klang ungeduldig, die Stuhlbeine schrammten hölzern über die Dielen, er schloss die Schlafzimmertür auf. Sie hatte beide Hände in die Hüften gestemmt, den Kopf schief gelegt, öffnete den Mund, um etwas zu sagen. Ihre Augen waren geschlossen.

»Ein Einschreiben«, der Mann klopfte laut an die Wohnungstür, »ein Einschreiben für Jana Potulska.«

Er schob sie beiseite, steckte den Schlüssel in das Schloss und drehte ihn. Hell war es im Treppenhaus, heller als im Flur, das Licht schmerzte in den Pupillen, er presste die Lider aufeinander. Als er sie wieder öffnete, hatte das Ziehen aufgehört.

Der Briefträger musterte ihn stumm, musterte den Bademantel, die Pantoffeln, den Schlüsselbund, den er rasch in die Tasche steckte, sein Blick blieb an den Haaren hängen. Er strich sie nach hinten. Der Briefträger hielt einen braunen Umschlag, »Jana Potulska?«

»Hier«, Jana Potulski hob die Hand, meldete sich wie ein Schulkind, er trat einen Schritt vor, versperrte ihr den Weg.

»Mildt«, sagte er, zog den Gürtel des Bademantels enger, »ich wohne hier.«

»Das Einschreiben ist für Jana Potulska«, wiederholte der Briefträger, sah an ihm vorbei in den Flur, »sie muss hier unterschreiben«, er hielt eine kleine Karte hoch.

Frau Potulski versuchte, sich an ihm vorbeizudrängen, er zögerte, ob er die Arme in den Türrahmen stemmen, ihr den Weg versperren sollte, der Briefträger runzelte die Stirn, er ließ es bleiben.

»Potulska«, sagte sie, »guten Tag.« Der Briefträger nickte, wollte ihr die Karte reichen, einen Kugelschreiber.

»Sie lügt«, seine Hand schnellte vor, »sie heißt nicht Potulska.«

Der Briefträger zog die Karte weg.

»Sie heißt Potulski«, das i zog er lang.

»Eigentlich Potulska. Potulski ist es auf Deutsch«, sagte sie, »polnisch Potulska.« Sie nahm die Karte, den Kugelschreiber, unterschrieb, das Papier an die Wand gelegt, »meine Tochter sagt immer Potulski, aber eigentlich ist es Potulska.«

Er streckte die Hand aus, nach dem Umschlag, der Briefträger schüttelte den Kopf.

»Der darf nur dem Empfänger ausgehändigt werden, und das ist sie«, er wies mit dem Kinn auf Frau Potulski.

»Aber es ist meine Anschrift«, er deutete auf das Adressfeld, »und mein Name steht auch drauf, c/o Hermann Mildt«, las er vor.

Der Briefträger beachtete ihn nicht, Frau Potulski bedankte sich artig, als er ihr den Umschlag gab, »alles Gute«, sagte der Briefträger zu ihr und ging grußlos.

Sie trat in den Flur zurück, riss den Umschlag auf, er schloss die Tür, in dem Umschlag war ein roter Pass, sie klappte ihn auf, in der Mitte lagen Geldscheine. Sie nahm sie heraus, zählte sie, es waren ein Fünfziger und zwei Zehneuroscheine.

»Für die Fahrkarte«, sagte sie.

Er nahm ihr den Umschlag aus der Hand, sie wehrte sich nicht. Las erneut die Anschrift, drehte ihn um, suchte den Absender, »Irina –«, buchstabierte er.

»Meine Schwester«, sagte sie.

»Woher weiß Ihre Schwester, wo ich wohne?«

»Von mir«, sie klang erstaunt.

»Ich habe Ihnen die Adresse nicht gesagt«, er dachte an den Anruf, die fremde Frauenstimme.

»Straße und Hausnummer wusste ich vom Einkaufen, ich kannte Ihren Namen«, Frau Potulski wandte sich zum Gehen, »mein Neffe hat im Internet nachgesehen, es gibt nur einen Hermann Mildt in Berlin.« Von einem Internet hatte er in der Zeitung gelesen.

Er deutete auf das Geld, »das gehört mir«, sagte er. »Sie haben mein Wasser, meinen Strom, mein Gas verbraucht, Nahrungsmittel, das U-Bahn-Ticket«, zählte er auf. »Ich mache eine Liste«, sagte er, wollte nach den Scheinen greifen, »den Rest kriegen Sie wieder.«

Die Scheine verschwanden in ihrer Hosentasche.

»Mit dem Bus sind es neunundsechzig Euro«, sie bedeckte die Tasche mit ihrer Hand, »Berlin-Poznań, meine Schwester hat nachgefragt.«

Er drängte sich an ihr vorbei, schloss die Tür ab, schloss ein Mal, schloss zwei Mal, steckte den Schlüssel in die Bademanteltasche.

Sie lächelte, »das nützt Ihnen auch nichts«, sagte sie, wollte ins Wohnzimmer gehen. Er hielt sie fest, brachte sein Gesicht ganz nah an ihres.

Sie wich zurück, »Sie riechen aus dem Mund.«

Er hatte seine Zähne nicht geputzt, ihr Kulturbeutel lag nicht im Regal, stellte er fest. Die Zahnbürste stand nicht im Glas. Er zögerte, ehe er Zahnpasta auf die Borsten drückte, sie konnte was reingetan haben. Die Zahnpasta sah normal aus. Er betrachtete seinen Unterarm im Spiegel, das Hämatom, wie es mit jedem Bürstenstrich auf- und niederfuhr, es war heller geworden, mehr violett. Er spuckte aus, sie hatte ihn verletzt, sah zu, wie der Schaum langsam zum Abfluss rann. Seinen Körper verletzt.

Das Wohnzimmer war leer, sie saß in der Küche, saß auf dem einzig freien Küchenstuhl, ihre Beine übereinandergeschlagen. Hatte die Schränke nicht wieder eingeräumt, saß inmitten von Gläsern, Pappschachteln und Konserven. Hatte ihre Jacke angezogen, ihre Schuhe, die blaue Tasche lag neben ihr auf dem Boden. Sie stand auf, als er hereinkam.

»Ich mache mich auf den Weg«, sie hielt ihm eine Tasse hin, Dampf stieg daraus auf. »Ich habe Ihnen Tee gemacht«, sagte sie.

Er stieß die Tasse weg, er würde nichts zu sich nehmen, was sie in den Händen gehabt hatte. Der Tee schwappte auf ihr Handgelenk, sie zuckte zurück, auf ihre Jacke, sie stellte rasch die Tasse ab.

»Passen Sie doch auf.« Sie rieb die verbrannten Stellen, »Hermann«, sagte sie, nahm die Tasche vom Boden auf, streckte ihm die rechte Hand entgegen. Wollte, dass er sie nahm und schüttelte, als wäre nichts gewesen. Er verschränkte die Hände hinter seinem Rücken.

»Das Kind muss beerdigt werden«, ihre Stimme sanft, als müsste sie ihm gut zureden. Sie lächelte, die Mundwinkel weit auseinandergezogen, die Lippen geöffnet, ihre Zähne sehr weiß. »Hermann«, sie lächelte noch immer, musterte sein Gesicht, beobachtete es genau.

Was soll das, wollte er sagen, es war jedoch nur ein Lauthaufen, flach und rau, er räusperte sich. Sie können nicht gehen, hatte er sagen wollen, und was fällt Ihnen ein.

Ihre Augen waren auf seine Brust gerichtet. »Und bedanken wollte ich mich«, sie sprach einfach weiter, »es ist nicht einfach, jemanden ganz Fremdes bei sich aufzunehmen«, sie hob die Hände, ihre unermüdlichen, gut gepolsterten Hände, hielt ihm die Handflächen hin, lächelte immer noch, die Tasche lehnte an ihrem Knöchel.

»Nein«, er schüttelte den Kopf, »nein«, lachte auf ob ihrer Unverfrorenheit, »das geht nicht.«

»Machen Sie es gut«, sagte sie.

»Sie können nicht hier wohnen, sich anfassen lassen, mich töten, ohne eine Erklärung versuchen, mich zu töten, und dann einfach gehen.«

Sie nahm die Tasche an den Henkeln, ging an ihm vorbei, ging in den Flur, zur Wohnungstür.

»Abgeschlossen«, rief er hinter ihr her, fühlte das Gewicht des Schlüssels in seinem Bademantel, streckte den Rücken, reckte den Kopf, sie konnte nicht raus.

Ungerührt ging sie weiter, griff in ihre Jackentasche, Metall stieß gegen Metall. Sie zog ein Schlüsselbund hervor, seine Zweitschlüssel.

»Wo haben Sie die her?«

Sie schob die Schlüssel auseinander, suchte den richtigen, »unter Ihrem Kopfkissen«, sie deutete mit dem Kopf in Richtung Schlafzimmer. Er hatte vergessen, abzuschließen vor dem Zähneputzen, er ging in den Flur, sein Kissen lag vor dem Bett auf dem Fußboden. Sie hatte den richtigen gefunden, steckte ihn ins Schloss. Er hörte es zwei Mal klacken, rührte sich nicht, wollte den Mund öffnen, schreien vielleicht. Sie drückte die Klinke, kühle Luft aus dem Treppenhaus strich an ihm vorbei.

»Hier«, sagte sie, hielt ihm die Schlüssel hin, als er sich nicht bewegte, hängte sie sie an das Brett. Wartete, hatte den Kopf schief gelegt, sah ihm ins Gesicht und wartete. Er hatte zu viel Luft in den Lungen, als hätte er vergessen auszuatmen. Als hätte er einen Ballon im Brustkorb, der von innen gegen die Rippen drückte, der jeden Augenblick platzen würde.

»Wir sind noch nicht fertig!« Der Druck entwich zahnwärts, er trat einen Schritt vor, auf sie zu. »Nein«, er konnte fühlen, dass er den Kopf schüttelte, »das geht nicht«, seine Stimme hallte lauter, als er erwartet hätte in der Leere des Treppenhauses. »Das geht nicht, wir sind noch nicht fertig.« Atemlos hielt er inne, fühlte ein Sich-nach-innen-Saugen im Brustkorb, sein Mund öffnete sich, sog frische, kalte Luft ein. »Wir sind noch nicht fertig«, brüllte er. »Alles durcheinanderbringen und dann tot im Garten liegen«, brüllte er.

Einen Moment war es still, kalte Luft strich an ihm vorbei, ließ ihn seinen Schweiß riechen. Er sprang vorwärts, streckte den Arm aus, bekam das Türblatt zu fassen, wollte die Tür zudrücken. Sie schob ihren Körper dazwischen, ihren Fuß, die Turnschuhspitze bog sich nach oben, als er sich gegen die Tür lehnte.

Sie stand auf der Schwelle, die Tasche hatte sie über

ihre Schulter gehängt, seine Hand schnellte vor. Seine Finger schlossen sich um die Henkel, er ging einen Schritt zurück, verlagerte sein Gewicht nach hinten, es dauerte einen Augenblick, bis sie begriff, was er tat. Er hatte die Tasche von ihrer Schulter gezerrt, auf ihren Unterarm. Ihre Finger schlossen sich um den Stoff, sie zog, ihr Gesicht war gerötet.

»Es reicht«, zischte sie.

Er taumelte rückwärts, die Henkel in der Hand.

»Vorsicht«, rief sie, sie hatte losgelassen.

Er taumelte gegen die Konsole, eine Ecke bohrte sich in seinen Steiß, seine Arme tasteten nach hinten. Sein Gewicht schob die Konsole zurück, sie schrammte über die Dielen, es klang wie ein leises Brüllen, am Türrahmen der Küche blieb sie stehen. Er bekam ihre Kante zu fassen, hielt sich an ihr fest, richtete sich wieder auf, der Steiß schmerzte, er konnte seinen Puls fühlen, in den Handgelenken und auch in den Schläfen.

»Haben Sie sich weh getan?«

Sie machte einen Schritt auf ihn zu, ließ das Türblatt los. Er starrte sie an, presste die Tasche an sich, rieb mit der freien Hand über seinen Steiß, schüttelte den Kopf, langsam, nein, keine Schmerzen. Mitleid war in ihrer Stimme, in ihrem Gesicht, seine Hand zuckte, er wollte es wegschlagen. Das Mitleid aus ihrem Gesicht schlagen, mit der Handfläche ihr Nasenbein eindrücken.

»Hören Sie auf, Sie tun sich nur weh«, sagte sie.

Er presste die Tasche fester an sich, presste sie an seinen Bauch, die Tasche war weich. Ihre Mundwinkel zuckten, als sie es sah, spöttisch, wie er fand.

»Ist auch egal«, sagte sie, »ich brauche die Tasche

eigentlich nicht«, sie machte eine Bewegung mit der Hand. Als sei alles nicht wichtig, ihre Sachen nicht, er nicht. »Auf Wiedersehen, Hermann«, sie wandte sich ab, »machen Sie es gut«, wollte ihm den Rücken zudrehen, wollte gehen.

»Nein«, seine Hand schnellte vor, griff nach ihrem Oberarm, »hiergeblieben«, seine Stimme überschlug sich, vermerkte er erstaunt, »Sie erklären sich erst.«

Ihr Arm glitt durch seine Finger, er fasste fester zu, bekam das Handgelenk, umschloss es mit beiden Händen, versuchte sie zu ziehen, sie warf sich mit ihrem ganzen Gewicht nach hinten. »Lassen Sie mich los«, sagte sie, und in einem stilleren Augenblick, »bitte.« Mit der freien Hand versuchte sie, seine Finger zu lösen, ihre Haare zerzaust, ihr Gesicht gerötet, vor Anstrengung, vor Schmerz vielleicht. Er schloss seine Finger fester, fühlte ihre Knochen, presste seine Nägel in ihre Haut, sie würde bluten, dachte er zufrieden. Plötzlich hörte sie auf zu ziehen. Er taumelte rückwärts, hätte beinahe ihren Arm losgelassen.

»Das ist doch albern«, sagte sie.

Schritte, hinter der Tür der Nachbarwohnung, sie hatten den Lärm gehört, kamen nachsehen, er riss mit ganzer Kraft an ihrem Arm. Sie schoss vorwärts, überrascht, versuchte sich auf den Beinen zu halten, stieß gegen die Garderobe, er schloss die Tür.

»Meine Schwester erwartet mich«, sagte sie, »sie wird sich wundern, wo ich bleibe«, und, »Hermann, seien Sie doch vernünftig.«

»Wollen Sie mir drohen? Nach allem, was Sie angerichtet haben, wollen Sie mir drohen?«

Seine Stimme wurde immer lauter, je breiter ihr Lächeln wurde.

»Nein«, sagte sie, »ich will nur gehen«, sagte es betont geduldig.

Er brüllte vor Wut.

Etwas Scharfkantiges stach in seinen Kopf, glitt mühelos durch seine Schädeldecke, glitt tiefer. Machte hinter seinem Augapfel halt, seinem rechten Augapfel, blieb dort stecken, eine dreieckige Spitze aus Schmerz, in seinen Kopf gebohrt. Er wollte seine Hände heben, tasten, seinen Kopf betasten, Jana Potulski sah ihn an, schien nicht zu bemerken, dass sich etwas in seinen Kopf bohrte.

Die Holzmaserung, dunkle, parallele Linien im hellen Holz, die ein Oval bildeten, die Holzmaserung der Konsole wurde größer, er konnte jede kleine Linie, jeden Kratzer erkennen, sie wuchsen auf ihn zu. Die Kommode kam näher, seltsam, dachte er, wie konnte die Konsole wachsen, er versuchte, den Kopf zu drehen, einen Augenblick war Frau Potulski wieder in seinem Blickfeld. Er fiel. Plötzlich verstand er, er fiel nach vorn, hatte gar nicht gesehen, dass sie zugeschlagen hatte, den Fleischklopfer, die Weltuhr, ein Messer in der Hand gehalten hatte, zugeschlagen hatte, sie musste schnell gewesen sein. Jetzt waren ihre Hände leer, hingen rechts und links an ihrem Körper herab. Die Konsole war so nah, dass er Möbelpolitur riechen konnte, er versuchte, die Arme zu heben, gleich würde er aufschlagen. Sie sah erschrocken aus, ihr Mund geöffnet, als würde sie schreien, die Augenbrauen hochgerissen, die Augen sehr groß, viel Weiß war zu sehen, als hätte sie Angst. Kein Schmerz, nur das Dreieck in seinem Kopf, er fühlte die kühle, glatte Oberfläche an seiner Wange, seiner Schläfe, er hörte ein Poltern, als würden Möbel geschoben, weit weg, aber kein Schmerz. Die Konsole wich nach hinten aus, verschwand aus seinem Blickfeld. Er sah ihre Hände, ihre leeren Hände, kein Fleischklopfer, keine Weltuhr, kein Messer, gut gepolsterte Hände, die auf ihn zuschossen, nach ihm griffen. Und dann sah er nur noch die Dielen, er fiel, und gleich würde er aufschlagen.

SAMUEL BENCHETRIT
Rimbaud und die Dinge des Herzens
Aus dem Französischen von
Olaf M. Roth
Etwa 256 Seiten. Gebunden
ISBN 978-3-351-03312-5

Der »kleine Prinz« der Pariser Vorstadt

Der zehnjährige Charly ist gewohnt, dass die Polizei seine Mutter aus ihrer Wohnung in dem heruntergekommenen Hochhaus holt – immer geht es um seinen Bruder Henry und dessen Drogenprobleme. Doch heute hat sie ihn zum ersten Mal in seinem Leben nicht angelächelt: Was ist passiert? Er muss sie finden, auch wenn er dafür die Schule schwänzt. Mit klopfendem Herzen läuft er durch das Viertel, erzählt von seinen Sorgen und von den zwei Frauen, die er liebt – seine Mutter und seinen heimlichen Schwarm Melanie. Und wenn er gar keine Antworten mehr findet, sucht er Zuflucht bei den Versen seines Lieblingsdichters Rimbaud. Jeder Leser wird den lebensmutigen, weisen Charly ins Herz schließen und nicht mehr daraus entlassen.

»Dieses Buch ist meisterhaft, wenn nicht gar virtuos.«
LIVRES HEBDO

Mehr Informationen erhalten Sie unter
www.aufbau-verlag.de oder in Ihrer Buchhandlung

a aufbau